曼殊小說集

目次

绛纱记

絳紗記

序一

人生有眞，世人苦不知，彼自謂知之，仍不知耳。苟其知之，未有一日能生其生者也。何也？知者行也，一知人生眞處，必且起而即之，方今世道雖有進，而其虛僞罪惡，倘不容眞人生者存，即之而不得，處豚笠而夢遊天國，非有情者所堪也，是宜死矣。英有小說名家曰王爾德，曾寫一妙齡女優，色藝傾一時，演沙翁劇中羅密禾一齣，己去岳麗艷，與羅密禾相愛，體貼微妙，曲曲傳神，自觀者視之，眞天下有情眷屬也。無何，與一美少年遇，美少年愛之至，每夕必包廂，觀岳麗艷劇終，必至幕後與之温語。岳麗艷不知美少年名，惟稱之曰美麗之王。如是者久之，岳麗艷不自覺，漸移其所以愛羅密禾者，愛此美麗之王。一夕，美麗之王招兩密友，至劇場共賞岳麗艷，岳麗艷登場，忽如泥美人，不知所以爲演，觀者大沮喪，兩密友尤不歡，未終曲而去。美少年羞憤交迸，無所措手足，幕剛下，即走覓岳麗艷，將痛責之。未及言，岳麗艷即抱美少年求親其吻，謂兒新見人生眞處，兒胡愛彼粉面假髮之羅密禾，而不盡鍾吾愛，愛美麗之王。美麗之王不顧，盛氣叱之。岳麗艷尋悟，求其恕己，以後不復爾。美少年仍不顧，悻悻作色，絕之而去。岳麗艷獨坐泣。移時，入洗粧室不復出。翌晨，倫報新聞紙中，競傳女優仰藥死矣。余讀之，竊嘆女優之爲人生解人，彼已知人生之眞，使不得卽，不死何待？是固不論不得卽者之爲何境也。吾友何靡施之死，死於是。曇鸞之友薛夢珠之坐化，化於是。羅霏玉之自裁，裁於是。曇鸞曰：「爲情之正」，誠哉正也！吾旣撰雙枰記，宣揚此義，復喜曇鸞作絳紗記，於余意恰合，曇鸞謂余當序之，又焉可辭？　乙卯夏日爛柯山人。

序二

爛柯山人前造雙枰記，予與曇鸞皆敍之。今曇鸞造絳紗記，亦令爛柯山人及予作敍。予性懶惰，每日靧面進食，且以爲多事，視執筆爲文，甯擔大糞。乃以吾三人文字之緣，受書及序而讀之，不禁泫然而言曰：『嗟乎！人生最難解之問題有二：曰死，曰愛。死與愛皆有生必然之事 佛說十二因緣，約其義曰：老死緣生，生緣愛，愛緣無明。夫衆生無盡無明無始而詎有終耶？阿賴耶含藏萬有，無明亦在其中，豈突起可滅之物耶？一心具眞如生滅二用，果能助甲而絕乙耶？其理爲常識所難通。則絕死棄愛爲妄想，而生人之善惡悲歡，遂紛然雜呈，不可說其究竟。耶氏言萬物造於神復歸於神，其說與印度婆羅門言梵天也相類；而其相異之點，則在耶教不否定現世界，且主張神愛人類，人類亦應相愛以稱神意。審此耶氏之解釋死與愛二問題，視佛說爲妥帖而易施矣。然可憐之人類，果絕無能動之力如耶氏之說耶？或萬能之神體，爲主張萬物自然化生者所否定，則亦未見其爲安身立命之教也。然則人生之眞果如何耶？予蓋以爲爾時人智尚淺，與其強信而自蔽，不若懷疑以俟明。曇鸞此書，殆幷懷疑之義歟？曇鸞與其友夢珠行事絕相類；莊周夢蝴蝶，蝴蝶化莊周，予亦不暇別其名實。曇鸞存而五姑歿，夢珠歿而秋雲存，一歿一存，而肉薄夫死與愛也各造其極。五姑臨終，且有他生之約；夢珠方了徹生死大事，宜脫然無所顧戀矣，然半角綠紗，猶見於灰燼。死也愛也，果孰爲究竟也耶？愛爾蘭劇家王爾德（Oscar Wilde）之傳猶太王女薩樂美(Salome)也，有預言者以忤王及后繫之地窖，薩樂美悅其美，私出之，讚歎其聲音，讚歎其膚髮，求與之近而弗獲，終乃讚歎其脣，堅欲親之，而爲預言者所峻拒。王悅薩樂美之舞，弗視其舞，則廢寢食；薩樂美以此詭要王，取預言者之首，力親其脣，狂喜欲絕。繼悟其死，又悲不自勝。以此觸王怒見殺。王爾德以自然派文學蜚聲今世，其書寫死與愛，可謂淋漓盡致矣。法人柯姆特(Comte)有言曰：「愛情者生活之本源也。」斯義也，無悖於佛，無悖於耶，薩樂美知之，岳麗豔知之，何靡施知之，麥五姑知之，薛夢珠知之，羅霏玉知之；若王爾德，若曇鸞，若爛柯山人，若予，皆強不知以爲知者歟？

乙卯六月獨秀敍於春申江上

曇鸞曰：余友生多哀怨之事，顧其情悽惻，有落葉哀蟬之歎者，則莫若夢珠。吾書今先揭夢珠小傳，然後述余遭遇，以眇躬爲書中關鍵，亦流離辛苦，幸免橫夭，古人所以畏蜂蠆也。夢珠名瑛，姓薛氏，嶺南人也。瑛少從容澹靜。邑有醇儒謝翥者，與瑛有恩舊，嘗遣第三女秋雲，與瑛相見，意甚戀戀，瑛不顧。秋雲以其驕倨，私送出院，解所佩瓊琚，於懷中探絳紗，裹以授瑛；瑛奔入市貨之，徑詣慧龍寺披鬀，住廚下，刈筍供僧。一日，與沙彌爭食五香鴿子，寺主叱責之，負氣不食累日，寺主愍念其來，薦充南澗寺僧錄。未幾，天下擾亂，於是巡錫印度，緬甸，暹羅，耶婆堤，黑齒諸國。尋內渡，見經笥中，絳紗猶在，頗涉冥想；遍訪秋雲不得，遂抱羸疾。時陽文愛程散原創立祇洹精舍於建鄴，招瑛爲英文教授。後陽公歸道山，瑛沈迹無所，或云居蘇州滾繡坊，或云教習安徽高等學堂，或云在湖南岳麓山，然人有於鄧尉聖恩寺見之者，鄉人所傳，此其大略。余束髮受書，與瑛友善，在香港皇娘書院，同習歐文。瑛逃禪之後，於今屢易寒暑，無從一通音問，余每臨風未嘗不歎息也。戊戌之冬，余接舅父書，言星洲糖價，利市三倍，嘗另辟糖廠，促余往以資臂助。先是舅父渡孟買，販茗爲業，旋棄其業，之星嘉坡，設西洋酒肆，兼爲糖商，歷有年所。舅氏姓趙，素亮直，卒以糖禍而遭厄艱。余部署既訖，淹遲三日，余挂帆去國矣。余抵星嘉坡，即居舅氏別廬，別廬在植園之西，嘉樹列植，景頗幽勝。舅父知余性疏懶，一切無嘗省，僅以家常瑣事付余，故余甚覺蕭閑自適也。一日，爲來復日之清晨，烏聲四噪，余偶至植園遊涉，忽於細草之上，拾得英文書一小册，郁然有椒蘭之氣。覩之，乃沙浮紀事。吾聞沙浮者，希臘女子，騷賦辭清而理哀，實文章之冠冕。余坐石披閱，不圖展卷，卽余友夢珠小影赫然夾書中也。余驚愕。見一縞衣女子，至余身前，俛首致禮；余捧書起立，恭謹言曰：『望名姝恕我非儀。此書得毋名姝所遺者歟？』女曰：『然。感謝先生，爲萍水之人還此書也』。余細瞻之，容儀綽約，出於世表。余放書石上，女始出其冰清玉潔之手，接書禮余，徐徐款步而去。女束髮拖於肩際，殆昔人墮馬之垂鬟也。文裾搖曳於碧草之上，同爲晨曦所照，互相輝映。俄而香塵已杳。余歸，百思莫得其解。蠻荒安得誕此俊物？而吾友小影，又何由在此女書中？以吾卜之，此女必審夢珠行止。顧余逢此女爲第一次，後此設得再遇者，須有以訪吾友朕兆，而美人家世，或蒙相告，亦未可知。積數月，親屬容家招飲，余隨舅父往，諸戚晚父執見余極歡。余對席有一女郎，挽靈蛇髻者，姿度美秀，舅父謂余曰：「此麥翁之女公子五姑也。」余聞言，不審所謂。筵既撤，賓客都就退閑之軒，余偷矚五姑，着白綃衣，曳蔚藍紈裾，腰玫瑰色繡帶，意態蕭閑。舅父重命余與五姑敬禮，五姑迴其清盼，出手與余，即曰：「今日見阿兄，不勝欣幸，暇日願有以教輟學之人。」音清轢若新鶯。余鞠躬謝不敏。而不知余舅父胸有成竹矣。他日，麥翁挈五姑過余許，禮意甚殷，五姑以白金時表贈余。厥後五姑時來清譚，嬋嫣柔曼，偶棖觸縞衣女子，則問五姑，亦不得要領。余一日早起，作書二通：一致廣州問舅母安，一致香山，請吾叔暫勿招工南來，因聞鄉間有秀才造反，誠恐劣紳捏造黑白。書竟，然呂宋煙吸之，徐徐吐連環之圈。忽聞馬嘶聲，余即窗外盼，見五姑撫馬首，立棠梨之下，馬純白色，神駿也。余下樓迎迓，五姑揚肱下騎，余雙手扶其腰圍，輕若燕子。五姑是日，服窄袖胡服，編髮作盤龍髻，戴日冠。余私謂：「妹喜冠男子之冠，桀亡天下；何晏服婦人之服，亦亡其家；此雖西俗甚不宜也。」適侍女具晨餐，五姑去其冠同食。既已，舅父同一估客至，言估客遠來，欲觀糖廠。五姑與余，亦欲往觀。估客舅父同乘馬車，余及五姑策好馬，行驕陽之下，過小村落甚多，土人結茅而居，夾道皆植酸果樹，棲鴉流水，蓋官道也。時見吉靈人焚迦算香拜天，長幼以酒牲山神。五姑語余：『此日為三月十八日。相傳山神下降，祭之終年可免瘴癘。』旁午始達糖廠。廠依山面海，山峻，培植佳，嘉果纍纍，巴拉橡樹甚盛；歐人故多設橡皮公司於此，即吾國人，亦多以橡皮股票為奇貨。山下披拖彌望，儘是蔗田。舅父謂余曰：『此片蔗田，在前年，已值二十萬兩有奇；在今日，或能倍之。半屬麥翁，半余有也。」余見廠中重要之任，俱屬英人，傭工於廠中者，華人與孟加拉人參半。余默思廠中主要之權，悉操諸外人之手，甚至一司簿記之職，亦非華人，然則舅氏此項營業，殊如累卵。余等瀏覽一週，午膳畢，遂歸。行約四五里，余頓覺胸膈作惡，更前里許，余解鞍就溪流，踞石而嘔。五姑急下騎，趨致問故，余無言，但覺徧體發熱，頭亦微痛。估客一手出表，一手執余脈按之，語舅父曰：「西嚮有聖路加醫院，可速往。」舅父囑五姑偕余乘坐馬車，估客舅父幷馬居後。比謁醫，醫曰：「恐是猩紅熱！余療此症多，然上帝靈聖，余或能爲役也。」舅父囑余靜臥，請五姑留院視余，五姑諾，舅父估客匆匆辭去。余入暮一切惛惚。比晨略覺淸爽，然不能張余睫，微聞有聲，嚶然而呼曰：「玉憓少安耶？」良久，余斗憶五姑，更憶余臥病院中；又久之，始能豁眸。微光徐動，五姑坐余側，知余醒也，撫余心前，言曰：「熱退矣！謝蒼蒼者佑吾兄無恙！」余覩五姑，衣不解帶，知其徹曉未眠。余感愧交迸，欲覓一言謝之，乃吶吶不能出口。俄舅父麥翁策騎來覩余，醫者曰：「此爲險症，新至者罹之，輒不治。此子如天之福，靜攝兩來復，可離院矣。」舅父甚感其言。麥翁遇余倍殷渥，五姑勿遽首家。舅父麥翁行，五姑送之，倏忽復入余病室，夜深猶殷勤問余所欲。余居病院，忽忽十有八日，血氣亦略復；此十八日中，余與五姑，款語已深，然以禮法自持，余頗心儀五姑敦厚。既而舅父來，接吾兩人歸，隱隱見林上小樓，方知已到別廬，舅父事冗他去，五姑隨余入書齋。覩案上有小箋書曰：「比隨大父，返自英京，不接清輝，但有惆悵。明日遄歸澳境。行聞還國，以慰相思。玉鸞再拜，上問起居。」余觀畢，旣驚且喜。五姑立余側，肅然嘆曰：「善哉！想見字秀如人！」余語五姑：「玉鸞香山人，姓馬氏，居英倫究心歷理五稔。吾國治泰西文學，卓爾出羣者，顧鴻文先生而外，斯人而已。然而斯人身世，淒然感人。此來爲余所不料。玉鸞何歸之驟耶？」余言至此，頗有酸梗之狀。此時，五姑略俯首，頻檯雙目注余，余易以他辭。飯能，五姑曰：『可同行苑外。』言畢，掖余出碧巷中，且行且矚余面。余曰：『晚景清寂，令人有鄉關之思。五姑明日願同往海濱泛棹乎？』五姑聞余言，似有所感。迎面有竹，竹外爲曲水，其左爲蓮池，其右爲草地，甚空曠。余卽坐鐵椅之上，五姑亦坐，雙執余手，微微言曰：『身旣奉君爲良友，吾又何能離君左右。今有一言，願君傾聽。吾實誓此心，永永屬君爲伴侶；則阿翁慈母，亦至愛君。」言次，舉皓腕直攬余頸親余以吻者數四，余故爲若弗解也者。五姑犯月歸去，余亦獨返。入夜不能甯睡，想後思前，五姑恩義如許，未知命也若何。平明，余倦極而寐，亭午醒，則又見五姑，嚴服臨存，將含笑花贈余。余執五姑之手微喟，五姑雙頰略赬，低首自覩其鞵尖，脈脈不言。自是五姑每見余，禮敬特加，情款益篤。忽一日，舅父召余曰：『吾知爾與五姑，情誼甚篤。今吾有言，關白與爾：吾重午節後，歸粵一行，趁吾附舟之前，欲爾月內行訂婚之禮，俟明春舅母來，爲爾完娶。語云：「一代好媳婦，百代好兒孫。」吾思五姑，和婉有儀，與爾好合自然如意。』余靦地不知所對。踰旬，舅父果以四豬四羊，龍鳳禮餅，花燭等數十事，送麥家，余與五姑，因緣遂定。自是以來，五姑不復至余許，間日以英文小簡相鬪鬨耳。時十二月垂盡，舅父猶未南來，余濕闌默忖，舅父在粵，或營別項生意，故以淹遲。忽有傴僂疾驅而來者，覩之，麥翁也，余肅之入。翁愁嘆而坐，余怪之，問曰：『丈人何嘆？』翁搖頭言曰：『吾明知僞君之所愛，但事實有之不得不如此！』言次，探懷中出紅帖授余，且曰：『望君今日，塡此退婚之書。』余乍聽其言，溫淚於眶，避座語之曰：『丈人詞旨，吾無從着思。況舅父不在，今丈人忍以此事強吾，吾有死而已！吾何能從之！吾雖無德，謂五姑何！』翁曰：『我亦知君情深爲五姑耳。君獨不思此意，實出自五姑耶？』余曰：『吾能見五姑一面否？』翁曰：『不見爲佳。』余曰：『彼其厭我哉？』翁笑曰：『我實告君：令舅氏生意不佳，糖廠倒閉矣！縱君今日不悅從吾請，試問君何處得資娶婦？』余氣湧不復成聲，乃獰然持帖，署吾名姓付翁。翁行，余伏几大哭。爾日有綱紀自酒肆來，帶英人及巡捕，入屋將家具細軟，一一記以數號，又一一註於簿籍，謂於來復三，十句鐘付拍賣，即余寢室之狀，亦有小紙標貼。吾始知舅父已破產。然平日一無所知，而麥翁又似不被影響者何也？余此際旣無暇哭，乃集園丁侍女，語之故，并以餘錢分之，以報二人侍余親善之情。計吾尙能留別廬三日，思此三日中，必謀一見五姑，證吾心跡，則吾蹈海之日，魂復何恨。又念五姑爲人婉淑，何至如其父所言？意者其有所逼而不得已耶？余旣決計赴水死。嚮晚，余易園丁服，侍女導余至麥家後苑。麥家有僮娃名金蘭者，與侍女相善，因得通言五姑。五姑淡妝繫帶，悄出而含淚吾頰，復跪吾前，言曰：『阿翁苦君矣！』即牽余至牆下低語，其言甚切。余以翁命不可背。五姑言，翁固非親父。余即收淚別五姑曰：『甚望天從人願也！』明日，有英國公司船名威爾司歸香港，余偕五姑購得頭等艙位。既登舟，余閱搭客名單，華客僅有謝姓二人，并余等爲四人。余勸五姑莫憂且聽天命。正午啓舵，園丁侍女并立岸邊，哭甚哀，余與五姑掩淚別之。天色垂晚，有女子立舵樓之上，視之乃有園遺書之人，然容止似不勝淸怨。余即告五姑，五姑與之言，殊落寞，忽背後有人喚聲，余回顧，蓋留估客也，自言送其姪女歸粤，兼道余舅氏之禍，實造自麥某一人，言已無限感喟。問余安適？余答以攜眷歸鄉。越日，晚膳畢，余同五姑倚闌觀海，女子以余與其叔善，略就五姑閒譚。余微露思念夢珠之情，女驚問余於何處識之？余乃將吾與夢珠兒時情素，一一言之，至出家斷絕消息爲止。女聽至此，不動亦不言　余心知謝秋雲者，即是此人。徐言曰：『請問小姐亦嘗聞吾友蹤跡否乎？』女垂其雙睫，含紅欲濇，細語余曰：『今日恕不告君，抵港時，當詳言之。君亦夢珠之友，或有以慰夢珠耳。』女言至此，黑風暴雨猝發。至夜風少定。忽而船內人聲大譁，或言鐵穿，或言船沈。余驚起，亟抱五姑出艙面，時天沈如墨，舟子方下空艇救客，例先女後男，估客與女亦至，余告五姑莫哭，且扶女子先行，余即謹握估客之手，估客垂淚曰：『冀彼蒼加庇二女！』此時船面水已沒足，余微睨女客所乘艇，僅辨其燈影飄飄搖海面，水過吾膝，余亦弗覺，但視前艇燈光不滅，五姑與女得慶生還，則吾雖死船上，可以無憾。余仍鵠立。有意大利人爭先下艇，視吾為華人，無足輕重，推吾入水中，幸估客有力，一手急攬余腰，一手扶索下艇。余張目已不見前面燈光，心念五姑與女，必所不免。余此際不望生，但望死。忽覺神魂已脫軀殼，及余醒，則爲遭難第二日下半日矣。四矚竹籬茅舍，知是漁家，估客五姑女子，無一在余側；但有老人，踞牀理網，向余微笑曰：『老夫黎明，將漁舟載客歸來。』余泣曰，『良友三人，咸葬魚腹，余不如無生耳！』老人置其網，藹然言曰；『客何爲而泣也？天心仁愛，安知彼三人勿能遇救？客第安心，老夫當爲客訪其下落。』言畢，爲余置食事。余問老人曰：『此何地？』老人搖手答曰：『先世避亂，率村人來此海邊，弄艇投竿，怡然自樂，老夫亦不知是何地也。』余復問老人姓氏，老人言：『吾名并年歲亦亡之，何有於姓？但有妻子；日出而作，日入而息耳。』余矍然曰：『叟其仙乎？』老人不解余所謂。余更問以甲子數目等事，均不識。老人瞥見余懷中有時表，問是何物？余答以示時刻者；

因語以一日廿四時，每時六十分，每分六十秒。老人正色曰：『將惡許用之？客速投於海中，不然者，爭端起矣！』明日天朗無雲，余出廬獨行，疏柳微汀，儼然倪迂畫本也，茅屋雜處其間，男女自云，不讀書，不識字，但知敬老懷幼，孝悌力田而已；貿易則以有易無，並無貨幣；未嘗聞評議是非之聲；路不拾遺，夜不閂戶。復前行，見一山，登其上一望，週環皆水，海鳥明滅，知是小島，疑或近崖州西南。自念居此一月，仍不得五姑消息者吾亦作波臣耳！吾安用生爲！及歸，見老人妻子，詞氣婉順，固是盛德人也。後數日，偕老人之子，出海邊行漁，遠遠見一女子，坐於沙上，既近，卽是秋雲，顧余若不復識。余詢五姑行在，女姑婉容加禮，一一爲具言五姑無恙，有西班牙女郎同伴，但不知流轉何方。余喜極。乘間叩夢珠事，女淒然曰：

「余誠負良友！上帝在天，今請爲先生言之。先生長厚，必能諒其至寃。始吾村居，先君常歎夢珠温雅卒曠，以余許字之，而夢珠未知也。一日夢珠至余家，先君命余出見，余於無人處，以嬰年所弄玉贈之。數日侍婢於市見玉，購歸果所佩物。而吾家大禍至矣。先是有巨紳陳某，欲結姻吾族，先君謝之。自夢珠出家事，傳播邑中，疑不能明也。有謂先君故逼薛氏子爲沙門，有謂余將設計陷害之。巨紳子聞之，強欲得余，便誣先君與鄺常肅通。巡警至吾家，拔刀指几上新學僞經考，以爲鐵證，以先君之名，登在逆籍。先君無以自明，吞金而歿。吾將自投於井，二姊秋湘阻之，擕余至其家，以燭淚塗吾面，令人無覺，使老嫗送余至香港依吾嬸。一日，見循環日報，載有僧侶名夢珠遊印度，紆道星洲。余思叔父在彼經商，余往，冀得相遇，乃背吾嫱，附賈舶南行，於今三年矣。余遭家不造，無父母之庇，一日不得吾友，卽吾非一日不適。設夢珠忘我，我終爲比干剖心而不悔耳！」言至此，淚隨聲下。余思此女，求友分深，愛敬終始，求之人間，豈可多得。徐慰之曰：『吾聞渠在蘇州就館，吾願代小姐尋之。』女曰：『吾亦爲先生尋五姑耳。』女云，住海邊石窟。言巳遂別。余同老人子行阡陌間，老人與估客候余已久。余見估客愈喜，私念如五姑亦相遇於此，將同棲絕境，復何所求？余三人居島中，共數晨夕，而五姑久無迹兆，心常動念。凡百餘日，忽見海面有煙紋一縷，知有汽船經過，須臾船果泊岸，余三人遂別島中人登船。船中儲鎗炮甚富，估客顫聲耳語余曰：『此曹爲海賊，將奈之何？』余曰：『天心自有安排，賊亦人耳，況吾輩身無長物，又何所慮？』時有賊人數輩，以繩縛秋雲於桅柱，旣覺，指余二人曰：『速以錢交我輩，如無者投汝於海！』忽一短人自艙中出，備問余輩行蹤，命解秋雲，已而曰：『吾姓區名辛，少有不臣之志，有所結納，是故顯名。船卽我有，我能送諸君到香港，諸君屏除萬慮可也。』五日船至一灘頭，短人領余三人登岸，言此處距九龍頗近；瞬息駛船他去。估客攜其姪女歸堅道舊宅。停數日，女爲余整資裝，余卽往吳淞。維時海內鼎沸，有維新黨，東學黨，保皇黨，短髮黨，名目新奇且多，大江南北，雞犬不留，余流轉乞食，兩閱月，至蘇州城。一日行經烏鵲橋，細雨濛濛，沾余衣袂。余立酒樓下，聞酒販言，有廣東人流落可歎者，依鄭氏處館度日，其人類有瘋病，能食酥糖三十包，亦奇事也。於是過石橋，尋門叩問，有人出應。確是夢珠，惟瘦而披僧衣。聽余語顚末，似省前事，然言不及贈玉之人，心甚異之。飯罷，簷雨淅瀝，夢珠燈下彈琴，絃軫清放，忽而擄琴不彈，向余曰：『秋雲何人也？盍使我聞之乎？』余思人傳其瘋病信然。余乃重述秋雲家散，至星嘉坡苦尋夢珠及遇難各節。夢珠覷余良久，漫應曰：『我心亦如之 夫覩貌而相悅者人之情也。吾今學了生死大事，安能復戀戀？』余甚不耐，不覺怫然曰：『嗟乎！吾友如不思念舊情，則彼女一生貞潔，見累於君矣！』遂出。至滬，遇舊友羅霏玉明經於別發書肆，因譚及夢珠事，霏玉言夢珠，性非孤介，意必有隱情在心。說秋雲品格，亦自非凡，夢珠何爲絕人如是？余卽曰：『君與我常有以釋夢珠之惑乎？』霏玉曰：『竊所願也。』霏玉番禺人，天性樂善，在梵王渡幇教英文，人敬且愛之。霏玉招余同居於孝友里。其祖母年八十三，藹然仁人也。其妹氏名小玉，年十五，幽閑端美，篤學有辭采，通拉丁文，然不求知於人也。嘗勸余以書招秋雲來海上，然後使與夢珠相見，余甚善其言；但作書招秋雲，未嘗提及夢珠近況。小玉又云：『吾國今日女子殆無貞操，猶之吾國殆無國體之可言。此亦由於黃魚學堂之害。（蘇俗稱女子大足者曰黃魚）女必貞而後自繇。昔者王凝之妻，因逆旅主人之牽其臂，遂引斧自斷其臂；今之女子何如？』此時聞叩環聲，霏玉肅客入，即一細腰女郎，睨笑嫣然，望而知為蘇產也。霏玉曰：『密司愛瑪遠來故倦矣。』女郎坐而平視余，問余姓氏，小玉答之。已而女郎要余并霏玉，乘摩多車同游。既歸，余問霏玉與此女情分何似，霏玉曰：『吾語汝：吾去夏在美其飲冰忌連，時有女子，隔簾悄立，數目余，忽入簾繞爾示敬，似憐吾為他鄉遊子；此女能操英吉利語，自言姓盧，詢知其來自蘇州，君其姨氏。吾視此女頗聰慧，遂訂交而別。是後常以點心或異國名花見贈。秋間吾病，吾祖母及女弟力規吾勿與交遊，吾自思縱此女果為狐者，亦當護我，我何可負義？明日復來，引臂替枕，以指檢摩爾登糖納吾口內，重復親吾吻，囑吾珍重而去。如是者十數次，吾病果霍然脫體，即吾祖母亦感此女誠摯，獨吾妹於此女多微辭。今吾質之於子，此女何如人也？』余未有以答。數日，女盛服而至，謂霏玉曰：『吾母在天賜莊病甚，不獲已而告貸於君。』霏玉以四百圜應之，省其家貧親老，更時有接濟，前後約三千圜。女一夕於月痕之下，撫霏玉以英語告之曰：『I don't care for anybody in the whole world but you. I love you.』秋候已過，霏玉與女，遂定婚約。至十一月二十六日，午膳畢，霏玉靜坐室中，久乃謂余曰：『吾甚覺耳鳴，煩為吾電告龍飛備乘，吾將與子馳騁郊野。」俄車至，余偕霏玉出遊，過味蒓園男女雜踏，霏玉隔窗窺之，愕視余曰：『歸歟？』吾亦以此處空氣劣，不宜留，遂行。霏玉於途中忽執吾手狂笑不已。問之，弗答。吾恐霏玉有心病，令馬夫駛馬速行。至家，余扶將以入。此時霏玉踞椅如有所念，余知必有異事。時見小玉於女紅坐處告余，有西班牙女子名碧伽，修剌求見，自云過三日重來。霏玉聞言甚欣悅，視余曰：『是為五姑將消息者。』余心稍解。詎知霏玉卽以此夕自裁於臥內。明晨，余電問龍飛馬夫，昨日味蒓園曾有何事？答云：『盧氏姑娘，與綢緞莊主自由結婚耳。』余始曉霏玉所以狂笑之故。然余不欲其祖母妹氏知霏玉為女所紿，今筆之於書，以示人者，亦以彰吾亡友為情之正者也。吾友霏玉辭世後三日，碧伽女士果來，握余手曰：『

五姑自遭難以來，無時不相依，思君如嬰兒念其母。吾父亦愛五姑如骨肉，誰知五姑未三月已成乾血症，今竟長歸天國！五姑是善人，吾父嘗云：五姑嘗依瑪利亞爲散花天使。今有一簡幷髮，敬以呈君。簡爲五姑自書，髮則吾代剪之；蓋五姑無力持剪。吾父居香港四十九年，吾生於香港，亦諳華言。遇秋雲小姐，故知君在此。今茲吾事已畢，願君珍重！」女復握余手而去。余不敢開簡，先將髮藏衣內，驚極不能動。隔朝拭淚啓之，其文曰：『妾審君子平安，吾魂甚慰。妾今竟以病而亡，又不亡於君子之側，爲悲爲恨，當復何言！始妾欲以奄奄一息之軀，渡海就君子，而莊湘老博士不余許，謂若渡海，則墓亦不得留在世間，爲君子一憑弔之，是何可者？博士於吾，良有恩意。妾故深信來生輪迴之說，今日雖不見君子，來世豈無良會？妾唯願君子見吾字時，萬勿悲傷，即所以慰妾靈魂也。君子他日過港，問老博士，便得吾墓。』箇外附莊湘博士住址，余幷珍藏之。時霏玉祖母及妹歸心已熾，議將霏玉靈柩運返鄉關，余悉依其意，於是趁海船歸香港。既至，吾意了此責，然後謁五姑之墓。遂雇一帆船赴鄉，計舟子五人，船行已二日，至一山脚，船忽停於石步。時薄暮，舟子齊聲呼曰：『有賊有賊！』脅使余三人上岸。岸邊有荒屋，舟子即令余三人匿其中，誡勿聲。余思廣東故爲盜邑，亦不怪之。達曉，舟子來笑曰：『賊去矣。』復行大半日，至一村，吾不審村名，舟子曰：『可扶櫬以上。去番禺尚有八十四五里。』舟子抬棺先行，余三人乘轎隨後。余在塗中，聽土著言語，知是地實近羊城，心知有變。忽巡勇多人，荷鎗追至，喝令停止；余甫出轎，一勇拉余襟，一勇揮刀指余鼻曰：『爾膽大極矣！』言畢，重縛余身。余曰：『余送亡友羅明經靈柩歸里，未嘗犯法；爾曹如此無禮，意何在也？』視前面轎夫舟子，都棄棺而逃，唯霏玉祖母及妹，相持大哭。俄一勇令開棺，刀斧鏘然有聲，時霏玉祖母及妹，相抱觸石而死，勇見之不救，余心俱碎。少間，棺蓋已啓，余睨棺內均黑色，餘勇啓之，乃手鎗子彈藥包，而亡友之軀，杳然無覩。余暈絕仆地。比醒，余身已繫獄中，思欲自殺，又無刀，但以頭碰壁，力亦不勝。獄中有犯人阻余，徐曰：『子毋爾！今日卽吾處斬之日！聞之獄卒云：子欲以炸藥焚督署，至早亦須明日臨刑。計子命尚多我一日。且子爲革命黨，黨中或有勇士相救，亦意中事。願子勿尋短見。若我乃罪大惡極之人，雖有隱憂，無可告訴，寃哉吾妻也！』余答之曰：『吾實非黨人，吾亦不望更生人世。然子有隱恫，且剖其由，吾固可忍死須臾爲子聽之。』犯人曰：『吾父爲望族，英朗知名。父有契友固一鄉祭酒，與吾父約，有女子必諧秦晉。時吾在母腹，中僅三月，吾父已指腹爲吾訂婚矣。及吾墮地後七日，吾妻亦出世。吾長，奢豪愛客，而朋輩無一善人，吾亦淪於不善，相率爲僞，將吾父家貲蕩盡，窮無所依，行乞過日。吾外家悔婚，陰使人置余死地者三次。吾妻年僅十七，知大義，嘗割臂療父病。剛自英倫歸，哭諫曰：「是兒命也，何可背義？」其父母不聽。適吾行乞過其村，宿破廟中，吾妻將衣來，爲吾易之，勸余改過自新。且贈余以金。天明余醒，思此事甚奇，此金必爲神所賚，即趨至賭館，一博去其半，再博而盡，遂與博徒爲伍。時余實不知其爲偷兒也。前晚鴈塘村之事，非我爲之，不過爲彼曹効奔走，冀得一飽，殺人者已遁遙他去。余以饑不能行，是以被逮。然吾未嘗以眞名姓告人，恐傷吾妻。」言至此，獄卒入曰：『去！』犯人知受刑之時已到。淚漣漣隨獄卒去矣。余記往昔有同學偶言玉鸞事，與此吻合，犯人殆玉鸞之未婚夫也？因嘆曰：『嗟乎！天生此才在於女子，而所遇如斯，天之所賦，何其駁歟？』少選，獄卒復來，怒目喝余曰：『汝即曇鸞乎？速從我來：。』遂至一廳事，人甚衆，一白面書生指余曰：『是即浙江巡撫張公電囑釋放之人，此人不勝匕箸，何能爲盜？』衆以禮送余出。余即渡香港，先訪秋雲。秋雲午繡方罷，乃同余訪莊湘博士。博士年已七十有六，蓋博學多情安命觀化之人也，導余拜五姑之墓如儀。博士曰：『願君晚佳！』遂別。亡何，春序已至，余同秋雲重至海上尋夢珠。既至蘇州，有鏡海女塾學生，語秋雲云：『夢珠和尚，食糖度日，蘇人無不知之。近來寄身城外小寺，寺名無量。』余卽偕秋雲訪焉。至則松影在門，是日爲十五日也。余見寺門虛掩，囑秋雲少延佇以待，余入。時庭空夜靜，但有佛燈，光搖四壁。余更入耳房，亦闃然無人，以爲夢珠未歸，遂出。至廊次，瞥見階側有偶像，貌白皙，近瞻之，卽夢珠瞑目枯坐，草穿其膝，余呼之不應，牽其手不動如鐵，余始知夢珠坐化矣。而出，告秋雲，秋雲步至其前，默視無一語。忽見其襟間露絳紗半角，秋雲以手挽出，省覽週環，已而伏夢珠懷中抱之，流淚親其面。余靜立，忽微聞風聲，而夢珠肉身忽化爲灰，但有絳紗在秋雲手中。秋雲卽以絳紗裹灰少許，藏於衣內。此時風續續而至，將灰吹散，惟餘秋雲與余二人於寺。秋雲曰：『歸！』遂行。至滬忽不見秋雲蹤跡。余卽日入留雲寺披剃。一日巡撫張公過寺，與上座言，曾夢一僧求救其友於羊城獄中，後電詢廣州果然，命釋之，翌晚復夢僧來道謝，甯非奇事？余乃出一一爲張公述之張公笑曰：「子前生爲阿羅漢，好自修持！」後五年，時移俗易，余隨曇諦法師過粵，途中見兩尼一是秋雲，一是玉鸞。余將欲有言，兩尼已飄然不知所之。

焚劍記

焚劍記

廣東有書生，其先累世巨富，少失覆蔭，家漸貧，爲宗親所侮。生專心篤學，三年不窺園。宣統末年，生行年十六，偶於市買酥餅，見貴勢導從如雲，乃生故人，請爲記室參軍，生以其聚斂無厭，不許。他日，又遇之，故人曰：「我能富人，我能貴人，思之勿悔。」生曰：「子能富人，吾能不受人之富，子能貴人，吾能不受人之貴。」故人大怒，將脅之以兵，生遂逃。至欽州，易姓名曰陳善。爲人灌園，帶索襤褸，傲然獨得。是時南境稍促鷄犬之音。生常行陂澤，忽見斷山，歎其奇絕，躡石傍上，乃紅壁十里，青蔓百仞，殆非人所至，生仰天而嘯。久之，解衣覓蝨，聞香郁然，顧之迺一少女，亭亭似月也。女拜生微笑而言曰：「公子俊邁不羣，所從來無乃遠乎？妾所居不遙，今稟祖父之命，請公子一塵遊屐，使祖父得睹清輝，蒙惠良深矣。」生似不措意，既又異之，覘其衣，固非無縫，且絲襪粉舄，若胡姬焉。女堅請，始從。生故羸疾，女爲扶將，不覺行路之遠。俄至木橋，過橋入一廬，長蘿脩竹，水石周流。女引至廳中，斯須，一老人出，鬚鬓皓白，年可八十許，笑揖生曰：「枉顧山藪，得無勞止。頃間吾遙見子立山上，知爲孤潔寡合之士，故遣孫女致意於子。今觀子果風骨奇秀，願息吾廬，與共清談，子有意乎？」生知老人意誠，而旨趣非凡，應聲便許。老人復嗟歎曰：「吾山棲五十年矣，不意今之喪亂，甚於前者。」言次，因指少女曰：「此吾次孫也，姊妹二人，避難來此，剛兩月耳。以某將軍，淩其少弱，瀕死幸生。不圖季世險惡至於斯極也！」老人言已，悽愴不樂。生亦喟然曰：「嗟乎！有道之日，鬼不傷人。於今滄海橫流，人間何世，孺子所以徬徨於此。今遇丈人，已為殊幸。孺子門戶殄瘁，浪志無生，慢而無禮，惟垂哀恕。」老人聆生音詞，舒閑清切，每瞻生風采，甚敬悅之。俄少女為設食，細語生曰：「家中但有麥飯，阿姊手製。阿姊當來侍坐。」言猶未終，一女子環步從容，與生為禮，盼倩淑麗，生所未見。飯時，生竊覘女，少女覺之，微哂曰：「公子莫觀阿姊姿，使阿姊不安。」女以鞵尖移其妹之足，令勿妄言，亦誤觸生足，少女愈笑不止。時老人向生言他事，故老人不覺。飯罷，老人請生沐浴易衣，館生於小苑之西，器用甚潔。二女為生澣衣，意殊厚。生心神籋散，歎曰：「天之待我還未薄也。」於時升月隱山，忽聞巴羅之南，有撫絃而歌，音調悽惻，更審聽之，乃老人長孫也。生念此女，端麗脩能，貞默達禮，恍然凝思，憶番禺舉子劉文秀，美貌年少，行義甚高，與生有積素纍舊之歡，此女狀貌，與劉子無參差，莫是劉子女弟耶？時女綏軫還寢。明日，生欲發問，而未果言。老人語言，往往有精義，生知爲非常人，情甚相慕。又經日，老人謂生曰：「吾二孫欲學，子其導之。」乃命二女拜生，生亦欣然。臨階再拜。既已，老人謹容告二女曰：「公子人倫師表，善事公子，無負吾意也。」生於是日教二女屬文。長女名阿蘭，小生一歲；次女名阿蕙，小生三歲；二女天質自然，幼有神彩。生不勝其悅，而恭愼自守。二女時輕舟容與於丹山碧水之間，時淡妝雅服，試學投壺。如是者，三更秋矣。一日阿蕙肅然問生曰

：「今宇宙喪亂，讀書何用？識時務者，不過虛論高談，專在榮利；若夫狡人好語，志大心勞，徒殃民耳。」生默而不應。他日又進曰：「女子之行，唯貞與節，世有妄人，捨華夏貞專之德，而行夷女猜薄之習，向背速於反掌，猶學細腰，終餓死耳！」生聞女言，怪駭而退，喟然歎曰：「此女非壽徵也。」無何，生寢疾甚篤，二女晨夜省視，敬事殷勤，有逾骨肉，生深德之。月餘，生稍癒，徐步登山，凌清瞰遠。二女亦隨至，生止之，二女微笑不言，徘徊流盼，久之，阿蕙問生曰：「公子莫思歸否？」生曰：「不也。」此時阿瀾悵然有感，至生身前言曰：「公子且出手授我。」遂握生手，密謂之曰：「公子非獨孤燦耶？妾嘗遇姻戚云，公子變易姓名，嘗傭於其家，姻戚因識公子有邁世之志，情意亦甚優重，特未與公子言之。請問公子果如所言否？」生曰：「果如所言。」生良久思維，遂問阿蘭曰：「識劉文秀乎？」阿蘭驚答曰：「是吾兄也。曩日吾等，避亂渡江，兄忽失蹤，後聞在浙右，今則不知在何許。妾亦嘗聞兄言，朋輩中，有一奇士，姓獨孤名粲，妾故企仰清輝久矣。不圖得親侍公子之側。妾向者朝晚似有神人詔妾曰：獨孤公子，爲汝至友，汝宜敬奉。妾亦不知其所以然。然妾心侍公子，實奉神人之詔。妾早失父母，公子豈哀此薄命之人，而容其陋質乎？」言畢，以首伏生肩上，悽然下泣。生亦嗟歎無言。忽聞阿蕙在側曰：「公子病新瘥，阿姊何遽擾公子。阿姊固情深，公子豈是忍人。悲乃不倫，不如扶公子歸耳。」時夜將午，忽紅光燭天，老人執生臂曰：「噫，亂兵已至此矣！」言已，長揖生曰：「吾老不復久居於世，我但深念二孫，吾久將阿蘭許字於子。阿蕙長成，姻親之事，亦託於子。」老人言畢，撫其二孫慟極，嘔血而死。生與二女，魂飛神喪。時有流彈中屋，屋頂破，三人遂葬老人於屋側。生念吾身世孤子，死何足惜，但二女可憐，他鄉未必可止，吾必護之至香港，使自謀生，不負老人之託。時二女方哭於新墳之側，生勉攜之至山脚，二女昏然如醉，生抱之登小舟，沿流而下，已二日，捨舟登陸，憔悴困苦，不可復言。村閭煙火已絕，路無行人，但有死屍而已。此時萬籟俱寂，微月照地，阿蕙忽牽生手，一手指叢屍中，悄語生曰：「此屍蓬首挺身欲起，或未死也。」生趨前問屍曰：「子能起耶？」屍曰：「苦哉！吾被彈洞穿吾肩，不知吾何罪而罹此厄也。汝三人愼勿前去，倘遇暴兵，二女甯不立爲齏粉！暴兵以半日殺盡此村人口。此雖下里之民，然均自耕而食，自織而衣，素未聞有履非法者，甚矣，天之以人爲戲也！」生卽扶其人徐起，其人始哭，哭已，續言曰：「吾有老母愛弟，並爲暴兵戮死，投之川流。繼而吾中彈，忍痛潛臥屍中，經一夜一日。今遇汝三人，謝上蒼助我！此去不遠，爲吾田莊，汝三人且同留止，暫避凶頑。」生扶其人，徐步至莊，莊內已焚掠一空，其人赴圍欄之側，知新米一包尙在，二女於是採葵作羹，四人得不餓。過三朝，其人出村邊一望，閘口有木片釘塞，傍貼黃牓朱字云：「此是鬼村，行人莫入。」其人歸告生曰：「吾姓周，名阿大，此卽周家村。好事者今以鬼名吾村，咸相戒不敢近，不知猶有我周大一人未死。天下奇事固多，不料吾年四十，始身受之。」更逾數朝，有人於閘口潛窺，見生等形狀枯瘦，疑爲行尸，二女久不修容，憔悴正如鬼也。忽有一人窺見阿大，問曰：「汝是鬼耶？或阿大未死也？」阿大見此人是鄉村舊識，具陳本末，且言有友攜妹，欲詣前村求食，求友爲先容，庶不見疑爲鬼魅。友遂開門，與四人行至其家。友曰：「村人父老，死亡過半，幼少者，亦隨亂兵而謀衣食。」友出資爲四人略置衣服。停數日，阿大猜慮已平，四人雇帆船，風順，五日達於香港。二女有姨氏，住德輔道，甚有衣食，二女得姨氏所在。姨氏老矣，見二女婉慧可愛，大悅。姨氏止有一子，歲歲往外國經商，姨氏每顧二女，事事過人，頗慰晚景。周大郎留爲綱紀。生自是如釋重負。一日與阿蘭連臂登赤柱山，望海神傷，生顧阿蘭曰：「我行孤介，必不久居於此。」阿蘭聞之，戚然改容，幾半日不言，俄低鬟問曰：「公子今欲何行？」生曰：「吾自今以去，從僧道異人却食吞氣耳。」阿蘭便曰：「妾同行，得永奉懽好，庶不負公子之義，使妾殞歿，亦無恨也。」生曰：「是何言也！余孤窮羸弱，何足以當？」女凝思久之，顧生曰：「妾知公子非負心者，今所以匆匆欲行，殆心有不平事耳。」生聞言，聳然掣阿蘭之手，欷歔不能自勝矣。此時，阿蘭深感嬌泣，言曰：「士固有志，妾與妹氏居此，盼眄公子歸來。」生諾，二女便資給於生，莫知去處。阿蘭再三歎息。其年香港擾亂甚厲，姨氏挈二女移寓邊州，沿海風光秀麗，二女日與漁婦閑話，亦覺悠然自得。姨氏閑向阿蘭曰：「語云，竹門對竹門，木門對木門。汝姨母為汝關懷久矣，吾有梁姓外孫，才貌相兼，家道頗贍，吾昨以求親之事，問於外氏，外氏甚悅，但願汝福慧雙修，以慰吾念也。」阿蘭聞語，視地久之，具以誠告其姨氏曰：「吾捨獨孤公子外，無心屬之人。今雖他適，公子固信士，異日必歸，請姨母勿以為念。

」姨氏笑曰：「公子佳則佳，然其人窮至無袴，安足偶吾嬌女。吾非不重公子爲人，試思吾殘年向盡，安忍見吾嬌女度貧賤之日？此婚姻之所以論門第，吾不可不愼也。」阿蘭曰：「士患無德義，不患無財。人雖貧公子，吾不貧公子也。」他日，姨氏復勸阿蘭罷其前約，阿蘭終不改其素志，致於九喩，姨氏怒，阿蘭日夜悒怏，都不寢食。經一月，生更無消息。阿蘭知村閭風俗劣，有搶婚之事，遂背其妹阿大等，潛至香港，傭於上環伍家。女居停遇之甚殷渥，收爲義女。女居停有外甥莫氏來省，忽窺見女，以爲非人世所有，及歸，神已癡矣，父母苦問之，始得其故，於是遣人至伍家說意旨，居停欣然許之。其人去，居停乃微笑向阿蘭曰：「古有明訓，男大須婚，女大須嫁。吾今爲汝覓得嘉壻矣，則吾外甥莫氏，其人望族也，嘗遊學於大鹿國，得博士銜，人稱洋狀元，今在胡人鬻餅之肆，任二等書記，吾爲汝賀！」阿蘭聞言不答。居停以爲阿蘭心許矣。過三日，阿蘭知期已逼，長歎曰：「人皆以我爲貿易，我無心以寧，無顏以居，我終浪迹以避之耳！」遂行。時薄暮，於九龍岸邊，逢一女子，年猶未笄，斂裾將赴水死，阿蘭力止之，女曰：「吾始生失母，父名余曰眉娘。繼母遇我無恩，往往以炭火燒余足，備諸毒虐。父畏阿母，不之問。鄰居有老嫗，勸余至石塘爲娼，謂一可免阿母猜忌，一可擇人而事。嫗之言雖穢，然細思嫗實至情之人，嫗之外，更無一人憫我喻我者爲可哀耳！」言已，哭泣甚哀。阿蘭亦泫然流涕，不知所以慰之。久乃撫女言曰：「汝且勿悲，吾身內有金數鐶，可與汝潛遁他方，暫覓投身之處。」女感阿蘭言，從之。二人以灰炭自污其面，爲乞婦狀，旬日至東館西，約十里，日將西墜，有軍將似留學生，策馬而至，見二女勒馬欲迴，二女拜跪馬前求食，軍將笑，以手探鞍舉一人腿示二女曰：「吾儕以此度日，今僅餘一腿，爾曹猶欲問鼎耶！」言已，縱轡而去，二女驚駭欲絕。相扶徐行，至一山村，有老者荷薪而歸，二女問：「是間有飢否？何以軍中以人肉爲糧也？」老者不答，女凡三四問，老者厲聲曰：「一何少見！吾代中有五香人心，吾妻所製，幾忘之。」言已，出心且行且嚼。二女見狀，憂迫特甚。此村以人爲食，他事豈復可問！然日暮窮途，無可爲計，二女相攜至一旅店求宿，有女人出應，款對頗周。店內齊劣不堪，後有小門，鄰屋即主人所居，無門相通。主人既出，倒鎖店門歸寢。時夜將半，阿蘭忽聞隔屋有老人細聲笑曰：「女子之肉，嫩滑無倫。」又聞女主人笑聲。阿蘭就板縫中潛竅，則向所遇食人心者。女人又言：「刀已四日不用，恐有銹。」老者曰：「吾當磨之。」言已向床下牽出一蒲箱，老者方啓箱取刀，阿蘭命眉娘郎起，輕拔後關而遁。旣出，於疎籬外覘之，老者燈下磨刀，窣窣有聲。二女急走，時有新月，至村側東轉有堤，見稻草堆，二女俯身匿其下，覺甚空虛，遽入中如小室，上有數孔通光，女心稍安。阿蘭更於草下得一箱甚重，審其爲富人之物，旁有駝毛氈，氣枕，以及里丁餅干十數罐，意村有富人藏此，用備不時之需者。二女分餅干一罐，納袋中，餘無所取。天明，二女方行，迴顧村中，積水彌望，纔有淒厲之聲，隨風而至，始知大水爲災。二女於村廟中，得破鼓，僅容二人，遂乘之，順流而往，若扁舟泛大海。數日中，見難民出沒，絕爲悽慘，頻以餅干分贈之。眉娘爲阿蘭言曰：「吾記得幼時，居外家，亦遭水患，吾隨外大父，止於屋背。同村有貧富二人，亦息樹間，經八日有半，富人食物將盡，貧者止餘熟山薯二，此其平日飼猪之物，富人探囊，出一金錠示貧者曰：若以薯子分我，我卽與汝此金。貧者以一薯易金。久之，復出一錠，向貧者言如前，貧者實饑，而心未決，富人曰：子何不思之甚！昨夕天邊發紅光，明後日，水必退，子得金何事不辦。貧者心動，竟從之。富人留薯不食。又半日，貧者饑甚，垂死，富人視之恝然，訖貧者氣絕，富人徐將所予二金錠取還，推其屍水中。入夜水果退。吾外祖見富人大惡，取楯擊其頭，富人不顧，但雙手堅掩其袋，恐楯中其金錠也。」阿蘭曰：「此非怪事。世人均以此富人之道，爲安身立命之理，可歎耳！」亡何，大水既退，二女行乞如故，親愛愈極。閱兩月，阿蘭暴病卒於道中，彌留之際，三呼獨孤公子，氣斷猶含笑也。眉娘顧左右悄無人居，時夜已深，行入林中，遙見有燈火之光，旣至，有宅門，徘徊獨泣。俄有人出問故，眉娘跪曰：「吾乞兒也，吾姊死於途，今欲鬻身以葬吾姊耳。」其人入，商之其妻，已而出對眉娘曰：「我是販布客，汝留亦善。」明日夫妻二人，將阿蘭屍殯殮，見眉娘眉如細柳，容顏朗秀，夫妻倍憐之，視如己女。居數月，夫妻攜眉娘往南雄販布，頗得資，將歸，過始興縣南驛三十里外，夜投逆旅，遇賊殺夫妻二人，刼眉娘及錢財。方登船，見一男子馳至，捉賊左腕，揮劍斷之，三賊奔走。問眉娘何處人，眉娘掩涕拜謝，具言身世所經。男子聞眉娘說阿蘭名字，默行數步，擲劍於地，仰天潸然曰：「阿蘭竟去人寰！我流離四方，方讎未復，阿蘭在幽冥之中，必能諒我！」眉娘聽男子言此，迴身怒詰之曰：「吁，若卽吾姊臨命所呼之獨孤氏耶？負心若此！試問吾姊停辛竚苦，以待何人？吾誠不願見若！」言訖，於地取劍欲自刎，生奪劍阻之。更欲躍身江流，亦未果願。生哭泣止之。良久，眉娘欷歔言曰：「吾聞姊有胞妹在邊州，汝能送我到邊州，見妹氏，返九龍，省吾父，然後死無憾耳。」生善其志行，從之，收劍卷之，如奈轅帶。與眉娘上賊船。解維，過湜江，下汝水，六日達紅梅驛。二人登岸，以兄妹相呼，免路人見疑。尋到邊州，二人果遇阿蕙周大二人於海岸拾貝殼，二人見生，非常歡愜。及眉娘述其姊行狀畢，阿蕙慟哭失聲，思往謁姊氏墓，又不知處所。明日生卽送眉娘返九龍，生倏然不知去向。眉娘至家，不敢入門，卽訪鄰媼，媼卽前日勸眉娘當娼者也，見眉娘，驚視，愀然問曰：「吾久不見汝。汝繼母言汝已死，吾甚哀汝生之不辰也。汝父前月無故而逝，或未知歟？」言時就眉娘耳語再四，已而搖頭歎曰：「天下黑心娘子，比比然也！」眉娘哭不可仰。嫗慰之曰：「汝今後可住吾許。汝母見汝，必殺汝也。」眉娘日夜涕泣，頻欲自死，嫗頻救之。嫗一夕語眉娘曰：「汝未聞吾少年之事，有甚於汝萬萬倍，今為汝言之，或能減汝悲懷。吾實非本地人也。吾父姓楊，是雲和人，有田十畝，娶吾母沈氏，頗有賢德，為鄉黨所推。吾父終日縱酒，家計日艱。吾生而腰細，人咸呼曰細腰。六歲，慈母以時病棄養，吾父將余託外氏，即往申江，購一牛頭車，為行客載重，亦頗得錢，然每為東洋車夫窺覷，遂易其業，購一東洋車，得資倍於前，而又苦馬夫凌辱；吾父歎曰：使吾為馬夫，亦當受制於汽車夫也！乃安之。忽一日，富春里賽寓，有一妓，名傳天娥，雇吾父車，偶於酒樓下，與同業者閒談，吾父因問曰：此妓貌不及中人，何以生意甚佳？同業曰：汝不知此乃名妓傅彩雲之雛妓耶？彩雲爲洪狀元夫人，至英國，與女王同撮小影，及狀元死，彩雲亦零落人間。庚子之役，與聯軍元帥瓦德斯辦外交，琉璃廠之國粹，賴以保存。瓦德斯者，德意志雄主推轂之臣，乃慕彩雲之風流，詔入禁內，常策駿馬，出入宮門，是故人又歎之曰，曾臥龍牀者。又聞任長嘗充彩雲譯官。今彩雲老矣，神女生涯，令人有尊前白髮之感耳！吾父聞至此，不覺鼓掌而歎曰：然則此人亦名留青史矣。吾父思久之，私謂此一粉頭耳，計今夕車所停二十餘處，顧曲之人，何止半百，一人一金，已足吾一歲之需。思吾女細腰已長成，容貌勝此女多多，吾何不攜來，令學歌舞，吾何愁不爲封翁。他日吾女或亦名垂竹帛，正未可料。其歲挈余至申江，託余於一蘇州婦人，命余呼之爲母。明年，余藝成，始知命薄而背人揾淚也。吾父得資，僅足度日，及吸烟之費。吾父常念余孤苦，欲贖余歸，初余落籍，吾父僅收四十金，而是時余身價已漲至三千，吾父何處得金贖吾，唯有忍淚吞聲而已。更一年，吾父一貧如故，來申欲一見余面，假母亦不見許。吾饑不加食，寒不加絮。房中有侍兒曰阿崔，容態潤媚，客多悅之，常與我商量曰：身爲女子，薄命如斯，止得強顏歡笑，如遇性情中人，即可事之，不必富人，亦不必才子。余思其言有至理。然而余視過客，無一善裔，正如過客之視余儕，無一貞辭之人也。逾日，有廣東胡別駕，慨然以四千金爲余脫籍，余喜不自勝，以爲從此可報父恩於萬一。豈知余出苦海，而吾父已歿數月，亦實命不猶也已。吾夫帶余來香港，家人與我均無緣分，我身世至此，雖欲上順翁姑，下懷弟妹，而翁姑弟妹，咸以我爲外江妖怪，吾夫又日日虛詞詭說，視我爲一玩具，既不得家庭之樂，豈有人生之趣。我委頓牀枕之日，卽秋扇見捐之時。我在雲和雖貧窶，或有鄉人憖我；今卽一下堂倡女，誰復能一顧耶？」嫗言畢，於燈下重理其麻，續曰：「吾今日日爲店家壓麻爲線，可得少資自贍，亦不欲怨天尤人，但怨命耳。」眉娘聽嫗言，低鬟垂淚久之，婉語慰嫗曰：「嫗勿憂。吾聞天無絕人之理，吾當爲奴婢覓一棲身之所，然後助嫗度日，接歡笑。」嫗聞言喜極，抱眉娘哭曰：「謝上蒼憐我也！」眉娘乃傭身於烟館，夕宿嫗家。忽一日，眉娘見獨孤生翻然而至，踞榻捉一烟客，徐喻之曰：「吾四方覓汝久矣，汝非蔣少軒之友乎？何以始謀其財，繼害其命，而終奪其妻也！」烟客驚震，跪於地曰：

「吾知罪過！吾與少軒在東陽讀書，甚相友愛，吾之所以至今日窮無所依者，均聽信其妻之言耳。今其妻已嫁一司令官，亦少軒同學。吾今殊追悔前此所爲，望饒命也！」生即出劍割其兩耳，縱之去。時坐客皆歔欷感歎。眉娘遂出拜生。生喜眉娘無恙。煙館主人，備聞生及眉娘之事，慕生之義，而歎眉娘之苦。主人遂請於生及媪，收眉娘爲髮妻。後眉娘兒女成羣，遇媪如己母。生爲其友復讎之後，喜眉娘有託，即赴邊州，既見周大，問阿蕙何在，周大曰：「嫁矣。」生曰：「無所苦否？」周大淚漣漣答曰：「嫁一木主耳。」生叩其詳，周大曰：「初阿蘭去後，姨氏即將阿蕙許嫁梁姓外孫，而不與阿蕙言其事。今春過門之期將至，始具言於阿蕙。阿蕙故婉順，不逆姨氏意。詎知阿蕙嫁前數日，梁氏子發癆而卒。姨氏問阿蕙意旨向背，阿蕙曰：

既許於前，何悔於後。姨氏喜曰：善。汝若不嫁至其家，卽吾門亦無人過問。阿蕙遂依期出嫁，吾亦隨往。其家故巨宅，先見一老蒼頭，抱木主出，接阿蕙至禮堂，紅燈綠彩，阿蕙侍女，幷木主，行婚禮旣畢，旋過鄰廳，卽其夫喪屋也。四顧一白如雪，其姑乃將縞素衣物，親爲阿蕙易之。阿蕙卽散髮跪其夫靈前，慟哭盡禮。吾不忍久視。旣歸，常念阿蕙，幽閑貞靜，今世殆若鳳毛麟角。阿蕙時一歸省姨氏，言翁姑視之甚厚，未嘗言及身世。如阿蕙者，復何人也！」周大言訖，生默不一言，出腰間劍令周大焚之，如焚紙焉。自後粵人亦無復有見生及周大者云。惟阿蕙每於零雨連綿之際，念其大父阿姊獨孤公子不置耳。

碎簪记

碎簪記

余至西湖之第五日，晨餐甫罷，徘徊於南樓之上；鐘聲悠悠而逝，遙望西湖風物如恆，但與我遊者乃不同耳。計余前後來此凡十三次，獨遊者九次，共曇諦法師一次，共法忍禪師一次，共鄧繩侯獨秀山民一次，今即同莊湜也。此日天氣晦陰，欲雨不雨，故無遊人，僅有二三采菱之舟，出沒湖中。余忽見楊縷毿毿之下，碧水紅蓮之間，有扁舟徐徐而至；更視舟中，乃一淡裝女郎。亦謂此女遊興不淺，何以獨無伴侶？移時舟停於石步，此女風致，果如仙人也。至旅邸之門，以吾名氏叩閽者，閽者肅之登樓。余正駭異，女已至吾前，盈盈爲禮，然後赧然言曰：『先生幸恕唐突！聞先生偕莊君同來，然歟？』余漫應曰：『然。』女曰：『妾爲莊君舊友，特來奉訪。敬問先生：莊君今在否？』余曰：『晨朝策馬自去，或至靈隱天竺一間；日暮歸來，亦未可定。君有何事？吾可代達也。』爾時女若有所思。已而復啓余曰：『妾姓杜，名靈芳，住湖邊旅舍第六號室。敬乞傳語莊君，明日上午，惠過一談。但有瀆清神，良用歉仄耳。』余曰：『敬聞命矣。』女復含赧謝余。打槳而去。余此際神經頗爲此女所擾。此何故哉？一者吾友莊湜，恭愼篤學，向未聞與女子交遊，此女胡爲乎來？二者吾與此女無一面之雅，何由知吾名姓，又知莊湜同來？三者此女正當綺齡，而私約莊湜於逆旅，此何等事？若謂平康挾瑟者流，則其人儀態萬方非也；若謂莊湜世交，何以獨來訪問，不畏多言耶？余靜坐沈思，久乃毅然曰：『天下女子，皆禍水也！』余立意既定。抵莫，莊湜歸，吾暫不提此事。明日，余以電話詢湖邊旅舍曰：『六號室客共幾人？』曰：『母女幷婢三人。』曰：『從何處來？』曰：『上海。』曰：『有幾日住？』曰：『飯後乘快車去。』余思此時卽使莊湜趨約，亦不能及。又思此亦細事，吾不語莊湜，亦未爲無信於良友也。又明日爲十八日，友人要余赴江頭觀潮，幷觀三牛所牽舟，莊湜倦不果行。迨余還已燈火矣，余不見莊湜，問之閽者，閽者云：『其於六句鐘，得一信，時具晚膳，獨坐不食，須臾外出，似有事也。』余卽往覓之。沿堤行至斷橋，方見莊湜臨風獨盼，余曰：『露重風多，何爲不歸？』莊湜不余答，但握余手，順步從余而返。至旅邸，余罷甚，卽就寢，仍未與言女子過訪之事也。余至夜半忽醒，時明月侵簾，余披衣卽簾下窺之，湖光山色，一一在目，此景不可多得。余欲起莊湜同觀，正衣步至其榻，榻空如也，余卽出樓頭覓之。時萬籟俱寂，瞥眼見莊湜枯立欄前；余自後憑其肩，藉月光看其面，有無數溼痕。余問之曰：『子何思之深耶？』莊湜仍不余答，但悄然以巾掩淚。余心至煩亂，不知所以慰之，惟有強之就榻安眠。實則莊湜果能安眠否，余不知之，以余此夜亦似睡而非睡也。翌朝，余見莊湜而灰白，雙目微紅，食不下咽，其心似曰：『吾幽憂正未有艾，吾殆無機復吾常態，與畏友論湖山風月矣。』飯罷，余莊容語之曰：『子自昨日，神色大變，或有隱恫在心，有觸而發，未嘗與我一言，何也？試思吾與子交厚，昨夜覩子情況，使吾與子易地而處，子情何以堪？』此時余反覆與言，終不一答。余不欲擾其心緒，遂與放舟同遊，冀有以舒其憂鬱。而莊湜始終不稍吐其心事。余與莊湜天性至厚，此事不欲與我言者，必有難言之隱；昨日閽者所云得一信，當非女郎手筆？吾不欲與莊湜提女子事者，因吾知莊湜用情眞摯，而年齒尙輕，恐一失足，萬事瓦解；吾非謂人間不得言愛也！今據茲情景，則莊湜定與淡裝女郎，有莫大關係。吾老於憂患矣，無端爲莊湜動我纏綿悱惻之感，何哉，余同莊湜既登孤山，見碧睛國人數輩，在放鶴亭遊覽，忽一碧睛女子高歌曰：『Love is enough. Why should we ask for more?』女歌畢，即聞空谷作回音，亦曰：『Love is enough. Why should we ask for more?』時一青年繼曰：『O! you kid! Sorrow is the depth of Love.』空谷作抗音如前。遊人均大笑。余見莊湜亦笑，然而強笑不懽，益增吾悲耳。連日天晴湖靜，余出必強莊湜同行。余覷莊湜愁潮稍退，漸歸平靜之境，然莊湜弱不勝衣，如在大病之後；余則如泛大海中，但望海不揚波，則吾友之心，庶可收拾。一日莊湜忽問余曰：『吾騎馬出遊之日，曾有老人覓我否？』余卽曰：『彼日覓子者非老人，乃一女郎。』莊湜愕視余曰：『女子耶？彼曾有何語？』余始將前事告之。并問曰：『彼女子何人也？』莊湜思少間，答曰：『吾知之而未嘗見面者也。』余曰：『始吾不欲以兒女之情，擾子遊興，故未言之。今茲反使我不能無問者，子何爲得書而神變耶？吾思書必爲彼女子所寄，然耶否耶？』莊湜急曰：『否，乃叔父致我者。』余又問曰：『然則書中所言，與女子過訪，不相涉耶？』莊湜曰：『彼女過訪，實出吾意料之外；君言之，我始知之。』余又問曰：『如彼日子未外出，亦願見彼女子否？』莊湜曰：『不願見之。』余又問曰：『子何由問我有無老人來過？彼老人何人也？』莊湜曰：『恐吾叔父來遊，不相值耳。』亡何，秋老冬初，莊湜束裝歸去。余以腸病復發，淹留湖上，或觀書，或垂釣，或吸呂宋烟，用已吾疾，實則腸疾固難已也。他日更來一女子，問莊湜在否？余曰：『早已歸去。』余且答且細瞻之，則容光靡豔，丰韻娟逸，正盈盈十五之年也。女聞莊湜已歸，即惘惘乘軒去。余沈吟歎曰：『前後訪莊湜者兩人，均麗絕人寰者也。今姑不問二人與莊湜何等緣分，然二人均以不遇莊湜，憂形於色，則莊湜必爲兩者之意中人無疑矣。但不知莊湜心在阿誰邊耳！』又思莊湜曾言不願見前之女子，今日使莊湜在者，願見之乎？抑不願見之乎？吾今無從而窺莊湜也。夫天下最難解決之事，唯情耳，莊湜宵深掩淚時，余心知此子必爲情所累，特其情史，未之前聞。余又深信莊湜心無二色；昔人有言，一絲既定，萬死不更，莊湜有焉。今探問莊湜者，竟有二美，則莊湜之不幸可想而知。哀哉！恐吾良友，不復永年。故余更曰：天下女子皆禍水也！半月余亦歸滬，行裝甫卸，即訪莊湜。其孀云：『湜日來忽發熱症，現住法國醫院。』余馳院看之。莊湜見余，執余手，不言亦不笑。余問之曰：『子病略瘉否？』莊湜但點首而已。余撫其額，熱度亦不高。余此時，更不能以第二女訪問之事告之，故余亦無言。默坐室內，可半句鐘，見莊湜閉睫而臥；適醫者入，余低聲以病狀問醫者，醫者謂其病症甚輕，惟神經受傷頗重，幷屬余不必與談往事。醫者既行，余出表視之，已八句鐘又十分矣。余視莊湜仍貼然而睡，起立欲歸。方啓扉，莊湜忽張目向余曰：『且勿遽行，正欲與君作長談也。」余曰：『子宜靜臥。吾明晨再至。」莊湜曰：『吾事須今夕告君。君請坐，吾得對君吐吾衷曲，較藥石爲有效驗。吾見君時，心緒已甯。更有一事，吾今日適接杜靈芳之信，約於九句鐘來院，吾向醫者言明，醫者已許吾談至十句鐘爲止。此子君曾於湖上見之，於吾爲第一見，故吾求君陪我，或吾辭有不達意者，君須助我。君爲吾至親愛之友，此子亦爲吾至親愛之友；顧此子向未謀面，今夕相逢，得君一證吾心迹，一證彼爲德容俱備之人，異日或能爲我求於叔父，於事滋佳。」莊湜且言且振作其精神，不似帶病之人。余心始釋。然余思今夕處此境地，實生平所未經。蓋男女慕戀，憔悴哀痛而外無可言，吾何能於其間置一詞哉？繼念莊湜今以一片眞誠求我，我何忍却之！余復默坐。少間，女郎已至，駐足室外。莊湜略起肅之入，余鞠躬與之爲禮。莊湜肅然言曰：『吾心慕君，爲日非淺，今日始親芳範，幸何如也！』此際女郎雙頰爲酡，羞赧不知所對。莊湜復曰：『在座者，即吾至友曼殊君，性至仁愛，幸勿以禮防爲隔也。』女始低聲應曰：『知之。』莊湜曰：『吾無時不神馳左右，無如事多乖忤，前此累次不願見君者，實不得已。未審令兄亦嘗有書傳達此意否？』女復應曰：『知之。』莊湜曰：『余遊西湖之日，接叔父書，謂聞人言，君受聘於林姓，親迎有日，然歟？』女容色慘沮，而顫聲答曰：『非也。』莊湜繼曰：『如此事果確者，君將何以……』語未畢，女截斷言曰：『碧海青天，矢死不易吾初心也。』莊湜心爲摧折，不復言者久之。女忽問曰：『妾中秋侍家母之錢塘觀潮，令叔已知之耶？』莊湜曰：『或知之也。』女曰：『妾湖上訪君未遇，令叔亦知之耶？』莊湜曰：『唯吾與曼殊君知之耳。』女曰：『令叔今去通州，何日歸耶？』莊湜曰：『不知。』女郎至此欲問而止者再，已而囁嚅問曰：『君與蓮佩女士曾見面否？與妾同鄉同塾，其人柔淑堪嘉也。』莊湜曰：『吾居青島時，曾三次見之，均吾嬸紹介。』女曰：『君偕曼殊君遊湖所在，是彼告我者。彼今亦在武林，未與湖上相遇耶？』莊湜曰：『且未聞之。』此際余始得向莊湜插一言曰：『子行後，果有女子來訪。』女驚向余曰：『請問先生：得毋密髮虛鬟，亭亭玉立者歟？』余曰：『是矣。』莊湜聞言，淚盈其睫。女郎蹶然就榻，執莊湜之手泫然曰：『君知妾，妾亦知君！』言次，自拔玉簪授莊湜曰：『天不從人願者碎之可爾！』余心良不忍聽此女作不祥之語。余視表，此時剛十句鐘矣，余乃勸女郎早歸，裨莊湜稍歇。女郎默默與余握手，遂淒然而別。嗟乎！此吾友莊湜與靈芳會晤之始，亦即會晤之終也！余既別莊湜靈芳二人而歸，輾轉思維，終不得二子眞相。莊湜接其叔書，謂靈芳將結褵他姓，則心神驟變，吾親證之，是莊湜愛靈芳眞也。余復思靈芳與莊湜晉接時，雖寥寥數語，然吾窺伺此女有無限情波，實在此寥寥數語之外，余又忽憶彼與余握別之際，其手心熱度頗高，此證靈芳之愛莊湜亦眞也。據二子答問之言推之，事或爲其叔中梗耳。莊湜云與蓮佩凡三遇，均其嬸氏引見，則蓮佩必爲其叔嬸所屬意之人。靈芳問我密髮虛鬟亭亭玉立，此八字者，舍湖上第二次探問莊湜之女郎而外，吾固不能遽作答辭也。然則所謂蓮佩女士者，余亦省識春風之面矣，第未審莊湜亦愛蓮佩如愛靈芳否？蓮佩亦愛莊湜如靈芳否？既而余愈思愈見無謂，須知此乃莊湜之情關玉扃，並非屬我之事也，又奚可以我之理想，漫測他人情態哉！余乃解衣而睡，遂入夢境，顧夢境之事，似與眞境無有差別，但以我私心而論，夢境之味，實長於眞境滋多。今茲請言吾夢：夢偕莊湜靈芳蓮佩三子，從錦帶橋泛棹裏湖，見四圍荷葉已殘破不堪，猶自戰風不已，時或瀉其淚珠，一似哀訴造物。余憐而顧之，有一葉搖其首而對余曰：『吾非乞憐於爾，爾何不思之甚也！』將至西冷橋下，靈芳指水邊語蓮佩曰：『此數片小花，作金魚紅色者，亦楚楚可人。先吾親見之而開，今吾復親見之而謝，此何花也？』蓮佩曰：『吾未識之，非蘋花耶？』莊湜轉以問余，余曰：『此與蘋同種而異類，俗名鬼燈籠，可爲藥料者也。』言時已過西冷橋，靈芳蓮佩忽同聲歌曰：『同播女伴踏青去，不上道傍蘇小墳。』俄而歌聲已杳。余獨臥胡床之上，牕外晨曦在樹，曉風新夢，令人惘然。余飯後，復至醫院，以紫白相間之花十二當，贈莊湜。莊湜靜臥榻上。昨夕之事，余不欲重提隻字，乃絮論湖上之遊，明知此於莊湜為不入耳之言，然余不得不如是也。余見昨夕女所遺簪，猶在枕畔，因謂莊湜曰：『此物子好自藏之！』莊湜開眸微覗則搖其首。余為出其巾裹之，置枕下。已而莊湜向余曰：『吾嬸晨朝來言吾叔將歸，與吾同居別業。』余曰：『令叔年幾何？』莊湜曰：『六十一。』繼曰：『吾叔屢次阻吾與靈芳相見，吾至今仍不審其所以然。然吾心愛靈芳，正如愛吾叔也。』余順問曰：『靈芳之兄，何人也？』莊湜曰：『吾同學而肝膽照人者也。』余曰：『彼今何在？』曰：『瑞士。』余曰：『有書至否？』曰：『有書皆為我與靈芳之事者。』余曰：『云何？』曰：『勸我邀求阿嬸，早訂婚約。但吾嬸之意，則在蓮佩。』余曰：『蓮佩何如人耶？』曰：『彼爲吾嬸外甥，幼工刺繡，兼通經史，吾嬸至愛之。』余即接曰：『子亦愛之如愛靈芳耶？』莊湜微歎而答曰：『吾亦愛之如吾嬸也。』余曰，『然則二美并愛之矣』莊湜復歎曰，『君思弱水三千之義，當識吾心。』余曰，『今問子心所先屬者阿誰？』曰：『靈芳。』余曰，『子先覯面者爲蓮佩，而先屬意者乃靈芳，其故可得聞歟？』曰：『前者吾遊京師，正袁氏欲帝之日。某要人者，吾故人也，一日招我於其私宅，酒闌出文書一紙，囑余譯以法文。余受而讀之，乃通告列國文件，盛載各省勸進文中之警句，以證天下歸心袁氏。余以此類文句，譯成國外之語，均慮忘怪誕諂諛便辟之辭，非余之所能勝任也，於是敬謝不敏。某要人曰，「子不譯之可。今但懇子聯名於此，願耶？」余曰：「我非外交官，又非元老，何貴署區區不肖之名。」遂與某要人別。三日，有巡警提余至一處，余始知被羈押。時杜靈運爲某院秘書，聞吾爲奸人所陷，鼎力爲余解免。事後棄職，周遊大地，今羈瑞士。靈運弱冠失父，偕靈芳遊學羅馬四年，兄妹俱有令名者也。當余新歸海上偕靈運卜居湧泉路，肥馬輕裘與共。靈運將行，余與之同撮一小影，爲他日相逢之劵。積日靈運微示其賢妹之情，拊余肩而問曰：「亦有意乎？」余感激幾於泣下。其時吾心許之，而未作答詞焉。吾思三日，乃將靈運之言，聞於叔嬸。叔嬸都不贊一辭。吾亦置不問。一日靈運別余，蕭然自去。靈運情義，余無時不深念之，顧雖未見其妹之面，而吾寸心注定，萬刼不能移也。』余曰：『子旣愛之而不願見之，是又何故？』莊湜曰：『始吾不敢有違叔父之命也。』余曰：『佳哉！為人子姪，固當如是。今吾思令叔之所以不欲子與靈芳相見者，亦以子天眞誠篤，一經女子眼光所攝，萬無獲免，此正令叔慈愛之心所至，非猜薄靈芳明矣。吾今復有一言進子，以常理度之，令叔嬸必為子安排妥當，子雖初心不轉，而蓮佩必終属子。子若能急反其所為，收其嚮靈芳之心，移嚮蓮佩，則此情場易作歸宿，而靈芳亦必有諒子之一日。不然者，異日或有無窮悲慨。子雖入山，悔將何及！』

余言至此，莊湜面色頓白，身顫如冒寒。余頗悔失言。然為莊湜計，舍此再無他言可進。余待莊湜神息少靖乃去。數日其叔嬸果挈莊湜居於江灣之別業，余往訪之，見其叔手東萊博議一卷，坐籐椅之上，且觀且搖其膝。莊湜引余至其前曰，『阿叔！此吾友曼殊君，同吾遊武林者也。』其叔聞言，乃徐徐脫其玳瑁匡大眼鏡，起立向余略點其首問曰：『自上海來乎？』余曰：『然。』又曰：『吾聞汝足迹半天下，甚善甚善！今日天色至佳，汝在此可隨意遊覽。』余曰：『敬謝先生！』時侍婢將茶食陳於籐几之上。莊湜引余坐定，其叔勸進良殷，以手取山楂糕糖蓮子分余。又分莊湜。余密覘其爪甲頗長，且有黑物藏於瓜內，余心謂墨也，彼必善爪書。茶既畢，莊湜導余觀西苑，余且行且語莊湜曰：『令叔和藹可親，子試自明心迹，於事或有濟也。』莊湜曰：『吾叔恩重，所命歸不承順，獨此一事，難免有逆其情意之一日，故吾無日不耿耿於懷，迹吾叔心情，亦必知之而憐我，特以此屬自由舉動，吾叔故謂蠻夷之風，不可學也。』爾時隆隆有車聲，莊湜與余卽至苑門，車門旣啓，一女子提其織褸下地，余靜立瞻之，乃臨存湖上之第二女郎也。女一覩余，卽轉目而覩莊湜，含嬌含笑，將欲有言。余知莊湜中心已戰慄，但此時外貌矯爲鎮定。女果有言曰：『聞玉體有客，今已平善耶？』莊湜曰：『謝君見問！癒矣。』女曰：『吾前歸自青島，即往武林探君，不料君已返滬。』言至此，迴其清盼而問余曰：『曼殊先生，歸幾日矣？』余曰：『歸已六日。』女少思，已而復問莊湜曰：『湖上遇靈芳姊耶？』莊湜曰：『彼時適外出，故未遇之。』女急續曰：『然則至今亦未之見面耶？』此語似夙備者。斯時莊湜甚難致答，乃不實一言。女凝視莊湜，而目中之意，似曰：『枕畔贈簪之事吾一一知之矣！』少選，侍婢請女入。余同莊湜往草場中，徘徊流盼。忽而莊湜顏色慘白，凝立不動，余再三問之，始曰：『余思及蓮佩前此垂愛之情，及余阿嬸深恩，而吾今茲愛情所繫，乃乖忤如是，中心如何可安！……』復悟君前日訓迪之言，吾心房碎矣！』余見莊湜憂深而言婉，因慰之曰：『子勿戚戚弗甯，容日吾當代子陳情於令叔，或有轉機，亦未可料。』實則予作此語，毫無把握，然而弱於愛者，乃同小兒，其視吾此語，亦如小兒聞人賚餅；莊湜又焉知予之惴惴者耶？余辭莊湜歸，中途見一馬車瞥然而過，車中人，即蓮佩也，其眼角頗紅。余心歎此女，實天生情種，亦橫而不流者矣。方今時移俗易，長婦姹女，皆競侈邪，心醉自由之風，其實假自由之名而行越貨，亦猶男子借愛國之義而謀利祿，自由之女，愛國之士，曾游女市儈之不若！誠不知彼輩性靈果安在也！蓋余此次來滬，所見所聞，無一賞心之事。則舊友中不少懷樂觀義之人，余平心而論，彼負抑塞磊落之才，生於今日，言不救世，學不匡時，念天地之悠悠，唯有強顏歡笑，情鬱於中，而外貌矯爲樂觀，迹彼心情，苟謂諸國老獨能關心國計民生則亦未也。迄余行至黃浦時約十句鐘，捫囊只有銅板九枚，心謂爲時夜矣，復何能至友人住宅？昔余羈異國，不能謀一宿，乃往驛路之待客室，吸煙待旦；此法獨不能行之上海。余遲至一報館訪某君，某君方埋首亂紙堆中，持管疾書，見余笑曰：『毋謂我下筆千言，胸無一策者耶？』余曰：『此不生問題者也。夜深吾無宿處，故來奉擾。』某君曰：『甚善！吾有煤榻，請子先臥。吾畢此稿，即來共子敘談。吾每日以勳爵勳爵入閣入閣諸名詞見累，正欲得素心人一談耳。』余問曰：『子於何時就寢？』某君曰：『明晨五六句鐘，始能就寢。子不知報館中人，一若依美國人之起臥爲準則耶？』余曰：『然則聽我去睡，明晨五六句鐘，適吾起時也。』某君曰：『子自臥，吾自爲文。』余乃和衣而睡。明晨余更至一友人家，友人顧問余曰：『子冬衣猶未剪裁，何日返西湖去？』余曰：『未定。』友人出百金紙幣相贈曰：『子取用之。』余接金即至英界購一表，計七十圓，意離滬時以此表還贈其公子上學之用，亦淺其情。余購表後，又購呂宋烟二十圓之譜，即返同日寄寓友人之處。翌日接莊湜箋，約余速往。余既至，莊湜即牽余至臥室細語余曰：『吾婦明日往接蓮佩來此同住，吾今殊難爲計。最好君亦暫寓舍間，共語晨夕，若吾一人獨居，彼必時來纏擾。彼日吾冷然對之，彼悵惘而歸，吾知彼必有微言陳於吾婦也。』余曰：『尊婦尙有何語？』莊湜曰：『此消息得之侍婢，非吾婦見告者。』余曰：『余一週之內，須同西川友人重赴西湖，愧未能如子言也。』莊湜曰：『使君住此一週亦佳，不然者吾唯有逃之一法。』余即曰，『子逃向何處？』莊湜曰：『吾已審思，如事迫者，吾唯有約靈芳同往蘇州，或長江一帶商埠。』余曰，『靈芳知子意否。』莊湜曰：『病院一別，未嘗再見，故未告之。』余曰：『善。余來陪子住細細商量可也。子若貿然他遁，此下下策，余不爲子取也。』余是日卽與莊湜同居。其叔嬸遇余一切殷渥，余甚感之。明日蓮佩亦遷來南苑：所攜行李甚簡單，似不久住也者。余見莊湜與蓮佩每相晤面，亦不作他語，但莞爾示敬而已。有時見蓮佩立竚廳前，莊湜則避面而去，蓮佩故心知之而無如何也。一日天陰，氣候頗冷，余同莊湜閒談書齋中，忽見侍婢捧百葉水晶糕進曰，『此燕小姐新製，囑餽公子幷客。』莊湜受之。侍婢去未移時，而蓮佩從容含笑入齋，問起居。莊湜此時無少驚異，亦不表殷勤之貌，但曰：『謝點心！請燕小姐坐近爐次，今日氣候甚寒也。』蓮佩待余兩人歸元座，乃斂裾坐於爐次，蓋服西裝也：上衣爲雪白毛絨所織，披其領角，束桃紅領帶，狀若垂巾，其短裾以墨綠色絲絨製之，着黑長襪，履十八世紀流行之舄，乃元色天鵝絨所製，尖處結桃紅 Rition，不冠，但攏鬟其髮，兩耳飾鑽石作光，正如烏雲中有金星出焉。余見莊湜危坐，不與之一言。余乃發言問曰：『燕小姐嘗至歐美否？』蓮佩低鬟應曰：『未也。吾意二三年後，當往歐美一弔新戰場。若美洲，吾不願往，且無史跡可資憑眺，而其人民以 Make money 爲要義，常曰：Two dollars is always better than one dollar，視吾國人，直如狗耳！吾又何顏往彼都哉！人謂美國物質文明，不知彼守財虜正思利用物質文明，而使平民日趨於貧。故倡人道者有言曰：使大地空氣而能買者，早爲彼輩吸收盡矣。此語一何沉痛耶！』言已，出素手加煤於爐中。莊湜乘間取書自閱。蓮佩加煤既已，遂辭余兩人，迴身斂裾而去。余語莊湜曰：『斯人恭讓溫良好女子也。』莊湜愁歎不語。余乃易一新呂宋煙吸之。未及其半，莊湜忽拋書語余曰：『此人於英法文學，俱能道其精義，蓋從蘇格蘭處士查理司習聲韻之學，五年有半，匪但容儀佳也。此人實爲我良師。吾深恨相逢太早，至反不願見之。嗟夫命也！』莊湜言時，含淚於眶。頃之，謂余曰：『君今同我一訪靈芳可乎？其兄久無書至，吾正憂之。』余曰：『可。』遂同行。至巴子路，問其婢，始知靈芳母女往崑山已數日，乃悵悵去之。比歸別業，則見蓮佩迎於苑門之外，探懷出一函呈莊湜曰：『是靈芳姊手筆，告我云已至崑山，不日返也。』翌日，天氣清明，飯罷，莊湜之嬸，命余等同游。其別業舊有二車，此日，二車均多添一馬，成雙馬車。是日，蓮佩易紫羅蘭色西服。余等旣出，途中行人，莫不舉首驚望，以蓮佩天生麗質，有以惹之也。甫至南京路，日已傍午，余等乃息於春申樓進午餐焉。當余等憑闌俯視之際，余見靈芳於馬路中乘車而過，靈芳亦見余等，但莊湜與蓮佩並語，未之見，余亦不以告之。餐罷，即往惠羅，彙司，諸肆購物。以蓮佩所用之物，俱購自西肆者。是日蓮佩倍覺欣歡，乃益增其媚。莊湜即奉承嬸氏慈祥顏色，亦不云不樂。余即類星軺隨員，故無所增減於胸中。蓮佩復自購泰西銀管四枝，贈莊湜一雙，贈余一雙，觀劇之雙眼鏡二，莊湜一，余一。諸事旣畢，即往徐園，而徐家匯，而梁園，而崔圃。游興旣闌，莊湜請於其嬸曰：『今夕不歸別業可乎？』其嬸曰：『不歸固無不可，但旅館太不潔淨。」莊湜曰：『有西人旅舍曰聖喬治，頗有幽致，如阿嬸願之，吾今夕當請阿嬸觀泰西歌劇。」其嬸卽曰：『今夕聞歌，是大佳事，但汝須恭請燕小姐爲我翻譯。」莊湜曰：『善。』嚮晚余等遂往博物院劇場，至則泰西仕女雲集，蓋是夕所演爲名劇也。蓮佩一一口譯之，清朗無異臺中人，余實驚歎斯人靈秀所鍾。余等觀至兩句鐘之久，而蓮佩猶滔滔不息。忽一烏衣子弟登臺，怒視坐上人，以淒麗之音言曰：『What the world calls love, I neither know nor want. I know God's love, and that is not weak and mild. That is hard even unto the terror of death; it offers caresses which leave wounds. What did God answer in the olive-grove, when the Son lay sweating in agony, and prayed and prayed: "Let this cup pass from me?"

Did He take the cup of pain from His mouth? No, child; He had to drain it to the depth』蓮佩至此，忽停其懸河之口，莊湜之嬸問之曰：『何以不譯？』再問而蓮佩已呆若木雞。余與莊湜俱知蓮佩爾時深爲感動，但莊湜之嬸以爲優人作狎辭，即亦不悅，遂命余等歸於旅邸。既歸，余始知是日爲蓮佩生日也。明日凌晨，蓮佩約莊湜共余出行草地中，行久之，蓮佩忽以手輕扶莊湜左臂，低首不語，似有倦態，梨窩微泛玫瑰之色；莊湜則面色轉白，但仍順步徐行。比至廊際，余上階引彼二人至一小客室，謂莊湜曰：『晨餐尚有一句鐘，吾儕暫歇於此。子聽鳥聲乎？似云將卒歲也。』蓮佩聞余言，引領外眄，已而語莊湜曰：『汝觀郊外木葉半已零墜，飛鳥且絕迹，雪景行將陳於吾人睫畔。』且言且注視莊湜；奈莊湜一若罔聞，拈其表鍊，玩弄不已。余忽見有旅客手執球網，步經客室而去，余亦隨之往觀，已有二女一男，候此人於草地，余觀彼四人擊網球，技甚精妙，余返身欲呼莊湜蓮佩同觀。豈料余至客室，則見莊湜猶癡坐梳花椅上，目注地氈，默不發言；蓮佩則偎身於莊湜之右，披髮垂於莊湜肩次，哆其唇櫻，睫間頗有淚痕，雙手將絲巾疊摺卷之，此絲巾已爲淚珠溼透。二人各知余至，蓮佩心中，似謂吾今作是態者，雖上帝固應默許，吾鍾吾愛無不可示人者；而莊湜此時，心如冰雪。須知對此傾國弗動其憐愛之心者，必非無因，顧蓮佩芳心不能諒之，讀者或亦有以恕蓮佩之處；在莊湜受如許溫存膩態，中心亦何嘗不碎！第每一思念「上帝汝臨無二爾心」之句，即亦凜然爲不可侵犯之男子耳。余問莊湜曰：『尊孀睡醒未？』莊湜微曰：『吾今往謁阿孀。』遂藉端而去。

蓮佩即起離椅，就鏡臺中理其髮，而後以絲巾淨拭其髻。余中心甚爲蓮佩淒惻。此蓋人生至無可如何之事也！迄余等返江灣，莊湜頻頻歎喟，復時時細詰侍婢。是夕余至書齋覓書，乃見莊湜含淚對燈而坐。余即坐其身畔，正欲覓辭慰之，莊湜淒聲語余曰：『靈芳之玉簪碎矣！』余不覺驚曰：『何時碎之？何人碎之？』莊湜曰：『吾俱不知。吾歸時，即枕下取觀始知之。』莊湜言已嗚咽不勝。適其時蓮佩亦至，立莊湜之前問曰：『君何謂而哭也？或吾有所開罪於君耶？幸相告也。』百問不一答。蓮佩固心知其哭也爲彼，遂亦即莊湜身畔，掩面而哭。久之，侍婢扶蓮佩歸臥室。余見莊湜戰慄不已，知其病重矣，即勸之安寢。明晨，余復看莊湜，莊湜見余，如不復識，但注目直視，默不一言。余即時請謁其叔，語以莊湜病症頗危，而稍稍道及靈芳之事，冀有以助莊湜於毫末。其叔怒曰：『此人不聽吾言，狂悖已甚！煩汝語彼，吾已碎其玉簪矣。此人年少任性，不知衒女不貞衒士不信，古有明訓耶！』言已，就案草一方交余曰：『據此人病狀，乃肝經受邪之證，用人參，白芍，半夏，各三錢，南星，黃連，各二錢，陳皮，甘草，白芥子，各一錢，水煎服，兩三劑則癒。煩爲我照料一切。』言時浩歎不置。余接方嗒然而退，招侍婢往藥局配方。侍婢低聲語余曰：『燕小姐昨夜死於臥室，事甚怪。主母戒勿洩言於公子。』余即問曰：『汝親見燕小姐死狀否？』侍婢曰：『吾今早始見之，蓋以小刀自斷其喉部也。』余曰：『萬勿告公子！汝速去取藥。』及余返莊湜臥內，莊湜面發紫色，其唇已白，雙目注余面不轉。余問安否？累問，莊湜都如不聞。余靜坐室中待侍婢歸。莊湜忽而搖首歎息，一似知蓮佩昨夕之事者，然余心料無人語彼，何由知之？忽侍婢歸以藥付余，復以一信呈莊湜。莊湜觀信既已，卽以授余，面色復變而爲青。余側身撫其肩，莊湜此時略下其淚，然甚稀疎。余知此乃靈芳手筆，顧今無暇閱之。更遲半句鐘，侍婢將湯藥而進，莊湜徐徐服之，然後靜臥。余乃乘間披靈芳之信覽之，信曰：『湜君足下：病院相晤之後，銀河一角，咫尺天涯，每思隆情盛意，卽亦點首太息而已。今者我兩人情分絕矣！前日趨叩高齋，正君偕蓮姑出遊時也，蒙令叔出肺腑之言相勸，昔日遺簪，乃妾請於令叔碎之用踐前言者也。今玆玉簪既碎，而吾初心易矣。望君勿戀戀細弱，須一意憐愛蓮姑。妾此生所不與君結同心者，有如皦日。復望君順承令叔嬸之命，以享家庭團圞之樂，則薄命之人亦堪告慰。嗟乎，但願訂姻緣於再世，盡燕婉於來生。自玆訣別夫復何言！靈芳再拜。』余觀竟，一歎莊湜一生好事，已成逝水，一歎蓮佩之不可復作，而靈芳此後情境，余不暇計及之矣。莊湜忽醒而吐，余重復搓其背，莊湜吐已語余曰：『靈芳絕我，我固諒之，蓋深知其心也。惜吾後此無緣復見靈芳！』然而言至此，咽氣不復成聲，余即扶之而臥。直至晚上，都不作一言。余囑侍婢好好看視，冀其明日神識清爽，即可仍圖歡聚。余遂離其病榻，歸寢室，然余是夕已震恐不堪，亦唯有靜坐吸煙，聯吸十餘枝，始解衣而睡，出新表視之，不覺一句半鐘。余甫合眼，忽聞有人啓余寢室之門，望之，則見侍婢持燭倉皇帶淚而啓余曰：『公子氣斷矣！』余急起趨至其室，案莊湜之體，冷如冰霜。少間，其叔嬸俱至，其叔捨太息之外無他言，唯其嬸垂淚顫聲撫莊湜曰：『汝眞不解事，累我至此田地！』言已復哭。天明余亟雇車馳至紅橋某當鋪，出新表典押，意此表今不送人亦無不可。余旣典得四十金，卽出，乃遇一女子，其面右腮有紅志如瓜子大，猛憶此女乃靈芳之婢，遂問之曰：『靈姑安否？』女含淚不答。余知不佳。時女引余至當鋪屋角語余曰：『姑娘前夕已自縊，恫哉！今家中無錢部署喪事，故主母命我來此耳。』余聞此語，傷心之處，不啻莊湜親聞之也。遲三日爲出葬之日，來相送者，則其遠親一人，同學一人，都不知莊湜以何因緣而殞其天年也。旣安葬於衆妙山莊，余出厚資給守山者，令其時購鮮花，種於墳前，蓋不忍使莊湜復見殘英。今玆莊湜靈芳蓮佩之情緣旣了，彼三人者，或一日有相見之期，然而難也！

後序

余恆覺人間世，凡一事發生，無論善惡，必有其發生之理由，況為數見不鮮之事，其理由必更充足，無論善惡，均不當謂其不應該發生也。食，色，性也；況夫終身配偶，篤愛之情耶。人類未出黑暗野蠻時代，個人意志之自由，迫壓於社會惡習者又何僅此！而此則其最痛切者。古今中外之說部，多為此而說也。前者吾友曼殊造絳紗記，秋桐造雙枰記，都是說明此義，余皆敘之。今曼殊造碎簪記，復命余敘，余復作如是觀。不審吾友笑余穿鑿有失作者之意否邪？一九一六年十一月二十二日獨秀敍。

断鸿零雁记

斷鴻零雁記

第一章

百越有金甌山者，濱海之南，巍然矗立；每值天朗無雲，山麓葱翠間，紅瓦鱗鱗，隱約可辨，蓋海雲古剎在焉。相傳宋亡之際，陸秀夫旣抱幼帝殉國崖山，有遺老遯跡於斯，祝髮爲僧，晝夜向天呼號，冀招大行皇帝之靈，故至今日遙望山巔，雲氣葱鬱，或時聞潮水悲嘶，尤使人欷歔憑弔，不堪回首。今吾述剎中寶蓋金幢，俱爲古物，池流淸淨，松柏蔚然。住僧數十，威儀齊肅，器鉢無聲。歲歲經冬傳戒，顧入山求戒者寥寥，以是山羊腸峻險，登之殊艱故也。一日凌晨，鐘聲徐發，余倚剎角危樓，看天際沙鷗明滅；是時已入冬令，海風逼人於千里之外。讀吾書者識之，此日爲余三戒俱足之日。計余居此，忽忽三旬，今日可下山面吾師，後此掃葉焚香，送我流年，亦復何憾！如是思維，不覺墮淚，歎曰：『人皆謂我無母，我豈眞無母耶？否否，余自養父見背，雖煢煢一身，然常於風動樹梢，零雨連綿，百靜之中，隱約微聞慈母喚我之聲；顧聲從何來，余心且不自明，恆結轖凝想耳。』繼又歎曰：『吾母生我，胡弗使我一見？亦知兒身世飄零，至於斯極耶！』此時晴波曠邈，光景奇麗。余遂披袈裟，隨同戒者三十六人，雙手捧香魚貫而行。升大殿已，鵠立左右，四山長老冥集。香讚既闋，萬籟無聲，少選有尊證闍梨，以悲緊之音唱曰：『求戒行人，向天三拜，以報父母養育之恩。』余斯時淚如綆縻，莫能仰視，同戒者亦哽咽不能止。旣而禮畢，諸長老一一來相勸勉曰：『善哉大德，慧根深厚，願力莊嚴，此去謹侍親師，異日靈山會上，拈花相笑。』余聆其音，慈悲哀愍，遂頂禮受牒，收淚拜辭諸長老，徐徐下山。夾道枯柯，已無宿葉，悲涼境地，唯見樵夫出沒；然彼焉知方外之人，有難言之恫？此章爲吾書發凡，均紀實也。

第二章

余旣辭海雲寺卽駐荒村靜室，經行侍師而外，日以淚珠拭面耳。吾師視余年幼，固已憐之；顧吾師雖慈藹，不足以殺吾悲。讀者試思，余殆極人世之至戚者矣！一日余以師命下鄉化米，量之可十餘斤，負之行，思覓投宿之所，忽有強者自遠而來，將余米囊奪去，余付之一歎。爾時天已薄暮，彳亍獨行，至海邊，已不辨道路，徘徊久之；就沙灘小憩，而駭浪遽起，四顧昏黑。余躊躇間，遙見海面火光如豆，知有漁舟經此，遂疾聲呼曰：『請漁翁來，余欲渡耳。』已而火光漸大，知舟已迎面至，余心殊慰，未幾，舟果傍岸，漁人詢余何往，曰：『余爲波羅村寺僧，今失道至此，幸翁助我。』漁人搖首曰：『烏是何言！余舟將以捕魚易利，安能載爾貧僧！』言畢，登舟駛去。余莫審所適，悵然涕下。忽耳畔微聞犬吠聲，余念是間，殆有村落，遂循草徑行；漸前，有古廟，就之，中懸漁燈，余入蜷臥石上。俄聞戶外足音，余整衣起，瞥見一童子忽忽入，余曰：『小子何之？』童子手持竹籠數事示余曰：『吾操業至勞，夜已深矣，吾猶匿頹垣敗壁，或幽岩密菁間，類偷兒行徑者，蓋爲此唧唧者耳。不亦大可哀耶！』余曰：『少年英俊，胡爲業此屑小事？』童子太息曰：『吾家凋有花圃，吾日間挑花以售富人，富人倍吝，故所入滋微，不足以養吾慈母。慈母老矣，試思吾爲人子，安可勿盡心以娛其晚景？此吾所以不避艱辛，而兼業此。雖然，吾母尚不之知，否則亦必尼吾如是。吾前日見廟側有蟋蟀跨蜈蚣者，候此已兩夜，尚未得也。天乎，使此微蟲落吾手，待鄰村墟期，必得善價，當爲慈市母羊裘一領，使老母雖於冬深之日，猶在春溫。小子之心，如是慰矣。吾豈荒傖市儈，盡日孳孳愛錢而不愛命者耶？」余聆小子言，不禁有所感觸，泫然淚下。童子相余頂，從容曰：『敢問師奚爲露宿於是？』余視童貌甚莊肅，一一告以所遇。童子慨然曰：『師苦矣！寒舍尚有空闥，去此不遠，請從我歸；否則村人固兇恣，誣師爲賊，且不堪也。』余感此童誠實，諾之，遂行。俄入村，至一宅，童子闢扉，復自闔之，導余曲折度迴廊。苑內百花，暗香沁鼻。旣忽微聞老人語曰：「潮兒今日歸何晚？」余諦聽之……奇哉，奇哉，此人聲音也！及至廳事，則赫然余乳媼在焉。

第三章

余禮乳媼旣畢，悲喜交并，媼一一究吾行止，乃命余坐。諦視余面，即以手拊額，沈思久之。凄然曰：「傷哉，三郎也！設吾今日猶在彼家，即爾胡至淪入空界！計吾依夫人之側，不過三年，爲時雖短，然夫人以慈悲爲懷，視我良厚。一別夫人，悠悠十數載，乃至於今，吾每飯猶能不忘夫人愛顧之心。先是夫人行後，彼家人雖遇我惡薄，吾但順受之，蓋吾感夫人恩德，良不忍離三郎而去。迨爾父執去世之時，吾中心戚戚，方謂三郎孤寒無依，欲馳書白夫人，使爾東歸，離彼猖獗。詎料彼婦偵知，逢其蘊怒，卽以籐鞭我，斯時吾亦不欲與之言人道矣！縱情撻已，卽擯我歸。』媼言至此，聲淚俱下。斯時余方寸悲慘已極，顧亦不知所以慰吾乳媼，惟淚湧如泉，相對無語。余忽心念乳媼，以四十許人，觸此憤慟，寧人所堪？遂強顏慰之曰：『媼毋傷。媼育我今已成立，此恩此德，感戴何可言宣。余雖心冷空門，今玆幸逢吾媼，藉通吾骨肉消息；否卽碧落黃泉，無相見之日！以此思之，不亦彼蒼尙有靈耶？余在幼齡，恆知吾母尙存，第百思莫審居何許，且爲誰氏；今吾媼所稱夫人者，得非余生身阿母？奚爲任我子子一身，飄搖危苦，都弗之問？媼試語我以吾身世究如何者！』媼旣收淚而余言曰：『三郎居，吾語爾：吾爲村人女，世居於斯，牧畜爲業。旣嫁，隨吾夫子日出而作，日入而息，其樂無極，甯識人間有是非憂患？村家夫婦，如水流年，吾三十，而吾夫子不幸短命死矣！僅遺稚子，卽潮兒也。是後家計日困，平生親友，咸視吾母子爲路人，斯時吾始悟世變，愴然於中，四顧茫茫，其誰訴耶！一日，拾穗村邊，忽有古裝夫人，珊珊來至吾前，謂曰：「子似重有憂者？」因詳叩吾況，吾一一答之，遂蒙夫人憐而招我，爲三郎乳媪。古裝夫人者，誠三郎生母。蓋夫人爲日本產，衣制悉從吾國古代，此吾見夫人後，始習聞之。「三郎」卽夫人命爾名也。嘗聞之夫人：爾呱呱墜地，無幾月，卽生父見背，爾生父宗郎，舊爲江戶名族；生平肝胆照人，爲里黨所推。後此夫人綜覽季世，漸入澆漓，思携爾託根上國，故掣爾身於父執爲義子，使爾離絕島民根性，冀爾長進爲人中龍也。顧知茲事有干國律，然慈母愛子之心，無所不至，乃親自抱爾潛行來遊吾國，僑居三年。忽一日，夫人詔我曰：「吾東歸矣，爾其珍重！」復手指三郎凄聲含淚曰：「是兒生也不辰，媼其善視之，吾必不忘爾賜！」語已，手書地址付余，囑勿遺失，故吾今尚珍藏舊篋之中。當是時，吾感泣不置。夫人且錫我百金。顧今日此金雖盡，而吾感激之私，無能盡也。尤憶夫人束裝之先一夕，一一爲貯小影於爾果罐之中，衣篋之內，冀爾稍長，不忘見阿母容儀，用意至爲凄惻；誰知夫人行後，被家人悉檢毀之。嗣後夫人嘗三致書於余，並寄我以金，均由彼婦收沒；又以吾詳知夫人身世，且深愛三郎，怒我故作是態，以形其寡德。怨毒之因，由斯而發。甚矣哉，人與猛獸，直一線之分耳！吾既見擯之後，彼即詭言夫人已葬魚腹，故親友鄰舍，咸目爾爲無母之兒，弗之聞問；迹彼肺肝，蓋防汝長大，思歸依阿孃耳。嗟乎，旣取人子，復暴遇之，吾百思不解彼婦前生，是何毒物！蒼天蒼天，吾豈怨毒他人者哉？今爲是言者，所以懲婦悍耳。爾父執爲人誠實，恆念爾生父於彼有恩，視爾猶如己出；誰料爾父執辭世不旋踵，而彼婦待遇頓變耶？至爾無知小子，受待之苛，莫可倫比。顧爾今亭亭玉立，別來無恙，吾亦老矣，不應對爾絮絮出之，以存忠厚；雖然，今丁末造，我在在行吾忠厚，人則在在居心陷我，此理互相消長。世態如斯，可勝浩嘆！』乳媼言已，垂頭太息。少須，媼倘欲有言，斯時余滿胸愁緒，波譎雲詭，顧旣審吾生母消息，不願多詢往事，更無暇自悲身世，遂從容啓媼曰：『今夜深矣，媼且安寢；余行將子身以尋阿母，望吾媼千萬勿過傷悲。天下事，正復誰料？媼視我與潮兒，豈沒世而名不稱者耶？』旣而媼忽仰首，且撫余肩曰：『傷哉，不圖三郎羸瘠至於斯極！爾今須就寢，後此且住吾家，徐圖東歸，尋覓爾母。吾時時猶夢古裝夫人，旁皇於東海之濱，盼三郎歸也。三郎爾尚有阿妹義妹，嬌隨孃側；爾亦將聞阿孃喚爾之聲。老身已矣，行將就木，弗克再會夫人，但願蒼蒼者，必有以加庇夫人耳！』翌晨，陽光燦爛，余思往事，歷歷猶在心頭。讀者試思，余昨宵烏能成寐！斯時鬱伊無極，即起披衣出廬四矚，柳瘦於骨，山容蕭然矣。然今以後，余居乳媪家，日與潮兒弄艇投竿於荒江烟雨之中，或騎牛村外，幽恨萬千，不自知其消散於晚風長笛間也。

第四章

一日薄暮，荒村風雪，蕭蕭徹骨，余與潮兒方自後山負薪以歸，甫入門，見吾乳媪背罏兀坐，手縫舊衲，聞吾跫聲氣，即仰首視余曰：

『勞哉，小子！吾見爾滋慰。爾兩人且歇，待吾燃燭出鮮魚熱飯，偕爾晚膳。吾家去湖不遠，魚甚鮮美，價亦不昂，村居勝城市多矣。』余與潮兒即將簑笠除下，與媼共飯，爲況樂甚。少選，飯罷，媼面余言曰：『吾今日見三郎荷薪，心殊未忍；以爾孱軀，今後勿復如是。此粗重工夫潮兒可爲吾助。今吾爲爾計，爾須靜聽吾言：吾家花圃，在三春佳日，羣芳甚盛；今已冬深，明歲春歸時，爾朝擕花出售，日中即爲我稍理亭苑可耳。花資雖薄，然吾能爲爾積聚，迄二三年後，定能敷爾東歸之費；舍此計無所出。三郎，爾意云何？』余曰：『善。均如媼言。』媼續曰：『三郎爾先在江戶固爲公子，出必肥馬輕裘，今茲暫作花傭，亦殊異事！雖然，爾異日東歸，仍爲千金之子，誰復呼爾爲鬻花郎耶！』余聽至此，注視媼慈顏，一笑如春溫焉。歲月不居，春序忽至。余自是遵吾乳媪之命，每日凌晨作牧奴裝，擕花出售，每晨只經三四村落。余左手擕花筐，右手持竹竿，頂戴漁父之笠，蓋防人知我為比丘也，躑躅道中，狀殊羞澀；見買花者女子為最多，次則村嫗耳。計余每日得錢可二三百，如是者彌月矣。一日，余方獨行前村，天忽陰晦，小雨溟濛，沾余衣袂；此日為清明前二日，家家部署掃墓之事，故沿道無人，但有雨聲淸瀝，愁人而已。余紆道徐行至一屋角，細柳之下，枯立小憩，忽睹前垣碧紗窗內，有女郎新妝臨眺，容華絕代，而玉顏帶肅，湧現殷憂之兆，逭余旁睇，瞬然已杳。俄而雨止，天朗氣清，新綠照眼，余方欲行，前屋側扉已啓，又見一女子匆遽出而禮余，囁嚅言曰：『恕奴失禮，請問若從何方至此？為誰氏子？以若年華，奚至業是？若豈不識韶光一逝，悔無及耶？請詳答我。』余聆其言，心念彼女慧甚，無村豎態，但奚爲盤問，一若算命先生也者？殆故探吾行止，抑有他因耶？余惟佇立，心殊弗釋，亦莫審所以爲對。良久，彼女復曰：『吾之所以唐突者，乃受吾家女公子命，屬必如是探問：吾女公子情性幽靜無倫，未嘗共生人言語，顧今如此者，蓋聽若賣花聲裏，含酸梗餘音。今晨女公子且見若於窗外，卽審若身世，固非荒涼，若得毋怪我語無倫次？若非「河合」其姓，「三郎」其名者耶？』余驟聞是言，愕極欲奔，繼思彼輩殆非爲害於余，卽漫聲應之曰：『誠然，余亟於東歸尋母，不得不業此耳。倘望子勿洩於人，則余受恩不淺矣！』女重禮余言曰：『謹受教，先生且自珍重，明晨請再蒞此，待吾覆命女公子也。』余自是心緒潮湧，遂怏怏以歸。

第五章

明日天氣陰沈，較諸昨日爲甚，迄余晨起，覺方寸中倉皇無主，以須臾即赴名姝之約耳。讀吾書者，至此必將議我陷身情網，爲淸淨法流障礙，然余是日心正思念我爲沙門，處於濁世，當如蓮華不爲泥汚，復有何患？甯省後此吾躬有如許慘戚，以告吾讀者！余出門去矣，此時正爲慘戚之發軔也。江村寒食，風雨飄忽，余舉目四顧，心怦然動，竊揣如斯景物，殆非佳朕；然念彼姝見約，定有遠因，否則奚由稔余名姓？且余昨日乍覩芳容，靜柔簡淡，不同凡艷，又烏可與佻健下流，同日而語。余且行且思，不覺已重至碧紗窗下。呆立良久，都無動定；余方沈吟，謂彼小娃，殆戲我耶？繼又迹彼昨日之言，一一出之至情，然則又胡容疑者？亡何，風雨稍止，僮娃果啓扉出，不言亦不笑，行至吾前，第以雙手出一紙函見授，余趣接之，覺物壓余手頗重，余方欲叩問，而僮娃旋踵已去，余亟擘函視之。累累者，金也。余心滋惑，於是細察函中，更有銀管烏絲，蓋貽余書也。嗟夫，讀者，余觀書訖，慘然魂搖，心房碎矣！書曰：『妾雪梅將淚和墨，斂衽致書於三郎足下：先是人咸謂君已披鬄空山，妾以君秉堅孤之性，故深信之，悲號幾絕者屢矣！靜夜思君，夢中又不識路，命也如此，夫復奚言！邇者連朝於賣花聲裏，驚辨此音，酷肖三郎心聲，蓋妾嬰年，嘗之君所，一挹清光，景狀至今猶藏心坎也。迨侵晨隔窗一晤，知眞爲吾三郎矣。當此之時，妾覺魂已離舍，流蕩空際，心亦騰湧弗止，不可自持；欲親自陳情於君子之前，又以干於名義，故使侍兒冒昧進詰，以瀆清神，還望三郎憐而恕妾。妾自生母棄養以至今日，伶仃煢苦，已無復生人之趣！繼母孤恩，見利忘義，慫老父以前約可欺，行思以妾改嬪他姓，嗟夫三郎，妾心終始之盟，固不忒也！若一旦妾身見抑於父母，妾祇有自裁以見志，妾雖骨化形銷至千萬劫，猶爲三郎同心耳。上蒼曲全與否，非之問矣！不圖今日復覩尊顏，知吾三郎無恙，深感天心慈愛，又自喜矣。嗚呼，茫茫宇宙，妾捨君其誰屬耶？滄海流枯，頑石塵化，微命如縷，妾愛不移。今以戔戔百金奉呈，望君即日買棹遄歸，與太夫人圖之。萬轉千迴，惟君垂憫。恩遽不能細縷。伏維長途珍重！」雪梅者，余未婚妻也。然則余胡可忍心捨之，獨向空山而去！讀者殆以余不近情矣。實則余之所出此者，正欲存吾雪梅耳。須知吾雪梅者，古德幽光奇女子也。今請語吾讀者：雪梅之父，亦爲父余執，在余義父未逝之先，已將雪梅許我，後此見余義父家運式微，余生母復無消息，乃生悔心，欲爽前諾；雪梅固高抗無論者，奚肯甘心負約？顧其生父繼母，都不見恤，以爲女子者，實貨物耳！吾固可擇其禮金高者而鬻之，况此權特操諸父母，又烏容彼纖小致一辭者？雪梅是後，茹苦含辛，莫可告訴。所謂庶女之怨，惟欲依母氏於冥府，較在惡世爲安；此非躬歷其境者，不自知也。余年漸長，久不與雪梅相見，無由一證心量；然覩此情况，悲慨不可自聊！默默思量，祇好出家皈命佛陀達摩僧伽，用息彼美見愛之心，使彼美享有家庭之樂；否則絕世名姝，必鬱鬱爲余而死，是何可者！不覩其父母利令智昏，寧將骨肉之親，付之蒿里，亦不以嬪單寒無告之兒如余者。當時余固年少氣盛，遂掉頭不顧，飄然之廣州常秀寺，哀禱贊初長老，攝受爲驅烏沙彌，冀梵天帝釋愍此薄命女郎而已。前書敍余在古剎中憶余生母者，蓋後此數月間事也。

第六章

余自得雪梅一紙書後，知彼姝所以許我者良厚；是時心頭轆轆，不能爲定行止，竟不審上窮碧落，下極黃泉，捨吾雪梅而外，尙有何物！卽余乳媼，以半百之年，一見彼姝之書，亦慘同身受，淚潸潸下。余此際神經，當作何狀，讀者自能得之。須知天下事，由愛而生者，無不以爲難，無論溼化卵胎四生，綜以此故而入生死，可哀也已！淸明後四日，侵晨，晨曦在樹，花香沁腦，是時余與潮兒母子別矣。以媼亦速余遄歸將母，且謂雪梅之事，必力爲余助，余不知所云，以報吾媼之德，但有淚落如瀋。乃將雪梅所贈款，分二十金與潮兒，爲媼購羊裘之用；又思潮兒雖稚，侍親至孝，不覺感動於懷，良不忍與之遽作分飛勞燕。忽回顧苑中花草，均帶可憐顏色，悲從中來，徘徊飲泣，媪忽趣余曰：『三郎行矣！遲則渡船解纜。』余此時遂抑抑別乳媪潮兒而去。二日已至廣州，余登岸步行，思詣吾師面別；不意常秀寺已被新學暴徒，毀為墟市，法器無存，想吾師此時，已歸靜室。乃即日午後易舟赴香江，翌晨余理裝登岸，即向羅弼牧師之家而去。牧師隸西班牙國，先是數年，攜伉儷及女公子至此，構廬於太平山；家居不恆外出，第以收羅粵中古器及奇花異草為事。余特慕其人，清幽絕俗，實景教中錚錚之士，非包藏禍心，思墟人國者，遂從之治歐文二載，故與余雅有情懷也。余既至牧師家，其女公子盈盈迎於堂上，牧師夫婦，亦喜慰萬狀，迨余述生母消息及雪梅事竟，俱淚盈於睫，萬感填胸，即踞胡床而大哭矣！

第七章

後此四日，牧師夫婦，爲余置西服，及部署各事既竟，乃就余握別曰：『舟於正午啓舷，孺子珍重，上帝必寵錫爾福慧兼修。爾此去可時以椾寄我。』語畢，其女公子曳蔚藍文裾以出，頗有愁容，至余前殷殷握余手，親持紫羅蘭花及含羞草一束，英文書籍數種見貽，余拜謝受之。俄而海天在眼，余東行矣！船行可五晝夜，經太平洋，斯時風日晴美，余徘徊於舵樓之上。茫茫天海，渺渺余懷，即檢羅弼大家所貽書籍中，有莎士比爾拜輪及室梨全集。余嘗謂拜輪猶中土李白，天才也；莎士比爾猶中土杜甫，仙才也；室梨猶中土李賀，鬼才也。乃先展拜輪詩，誦「哈咯爾游草，」至末篇，有大海六章，遂歎曰：『雄渾奇偉，今古詩人，無其匹矣！』濡筆譯爲漢文如左：

皐濤瀾汗，靈海黝冥，萬艘鼓枻，泛若輕萍。芒芒九閡，每有遺虛；
曠哉天沼，匪人攸居！大器自運，振盪聘夆。豈伊人力，赫彼神工。
罔象乍見，決舟沒人，狂號未幾，遂爲波臣，掩體無棺，歸骨無墳，
喪鐘聲嘶，逖矣誰聞！誰能乘蹻，履涉狂波，藐諸蒼生，其奈公何。
泱泱大風，立懦起罷，茲維公功，人力何衰。亦有雄豪，中原陵厲，
自公匈中，適彼空際。驚浪霆奔，懾魂懐神。轉側張皇，冀爲公憐。
騰瀾赴崖，截彼微體。拯溺含弘，公何豈弟！搖山撼城，聲若雷霆，
王公黔首，莫不震驚。赫赫軍艘，亦有浮名，雄視海上，大莫與京，
自公視之，藐矣其形。紛紛溶溶，旋入滄溟。彼阿靡陀，其失威靈，
多羅縛迦，壯氣亦傾。傍公而居，雄國幾許，西利佉維，希臘羅馬。
偉哉自繇，公所錫予，君德既衰，耗哉斯土，遂成遺虛，公目所覩。

以敖以遊，淵回濤舞。蒼顏不皺，長壽自古。渺瀰澶漫，滔滔不舍，赫如陽燧；神靈是鑒。別風淮雨，上臨下監。扶搖羊角，溶溶瀇瀇。北極凝冰，赤道淫灩。浩此地鏡，無裔無襜。圓形在前，神光舉閃。精鬼變怪，出爾泥淦。回流云轉，氣易舒慘。公之淫威，忽不可驗。蒼海蒼海，余念舊恩，兒時水嬉，在公膺前，沸波激岸，隨公轉旋，淋淋翔潮，腠余往還，滌我胸臆，懾我精魂。惟余與女，父子之親，或近或遠，託我元身，今我來斯，握公之鬐。

余既譯拜輪詩竟，循環朗誦。時新月在天，漁燈三五，淸風徐來，曠哉觀也。翌晨舟抵橫濱，余遂捨舟投逆旅，今後當敍余在東之事。

第八章

余行裝甫卸，即出吾乳媼所授地址，以詢逆旅主人。逆旅主人曰：

「是地甚邇，境絕嚴靜，汽車去此可五站，客且歇一句鐘，吾當為客購車票。閱人多矣，無如客之超逸者，誠宜至彼一游。今客如是急迫，殆有要事耶？」余曰：『省親耳。』午餐後，逆旅主人，伴余赴車場，余甚感其殷渥。車既駛行，經二站，至一驛，名大船，掌車者向余言曰：『由此換車，第一站為鎌倉，第二站是已。』余既換車，危坐車中，此時心緒，深形忐忑；自念於此頃刻間，即余骨肉重逢，母氏慈懷大慰，甯非余有生以來第一快事？忽又轉念，自幼不省音耗，矧世事多變如此，安知母氏不移居他方？苟今日不獲面吾生母，則飄泊人胡堪設想！余心正怔忡不已，而車已停；余向窗外望，見牌上書「逗子驛」三字，遂下車 余既出驛場，四矚無有行人，地至蕭曠，即雇手車向田畝間轔轔而去。時正寒凝，積水彌望。如是數里，從山腳左轉，卽瀕海邊而行；但見漁家數處，羣兒往來垂釣，殊爲幽悄不囂。車夫忽停步告余曰：『是處卽櫻山，客將安往？』余曰：『櫻山卽此耶？』遂下車攜篋步行。久之，至一處，松青沙白，方跂望間，忽遙見松陰夾道中，有小橋通一板屋，隱然背山面海，橋下流水觸石，汩汩作聲，余趣前就之，仰首見柴扉之側，有標識曰：「相州逗子櫻山村八番」余大悅懌，蓋此九字，卽余乳媼所授地址。遂以手輕叩其扉，久之闃如無人，尋復叩之，一婦人啓扉出，余見其襟前垂白巾一幅，審其爲廚娘也，卽問之曰：『幸恕唐突，是卽河合夫人居乎？』婦曰：『然。』余曰：『吾欲面夫人，煩爲我通報。』婦躊躇曰：『吾主人大病新瘥，醫者屬勿見客，客此來何事？吾可代達主人。』余曰：『主人卽余阿母，余名三郎。余來自支那，今早始蒞橫濱，幸速通報！』婦聞言，張目相余自顱及踵，凝思移時，駭曰：『信乎，客三郎乎！吾嘗聞吾主言及少主，顧存亡未卜耳！』語已遂入，久之復出，肅余進，至廊下，一垂髫少女禮余曰：『阿兄歸來大幸，阿孃病已逾月，侵晨，人略清爽，今小睡已覺，請兄來見阿孃！』於是導余登樓，甫推屏，即見吾母斑髮垂垂，据榻而坐，以面迎余微笑。余心知慈母此笑，較之慟哭尤爲酸辛萬倍，余即趨前俯伏吾母膝下，口不能言，惟淚如潮湧，遽濕棉墩；此時但聞慈母咽聲言曰：『吾兒無恙，謝上蒼垂憫！三郎爾且拭淚面余。余此病幾殆，年邁人固如風前之燭，得見吾兒，吾病已覺霍然脫體，爾勿悲切！』言已收淚扶余起。徐回顧少女言曰：『此爾兄也。自幼適異國，故未相見。』旋復面余曰：『此爲吾養女，今年十一，少爾五歲，即爾女弟也；侍我滋謹，吾至愛之。爾阿姊明日聞爾歸，必來面爾。爾姊嫁已兩載，家事如毛，故不恆至。吾後此但得爾兄妹二人在側，爲況慰矣！吾感謝上蒼，不任吾骨肉分飛，至有恩意也。』慈母言訖，余覩女弟依慈母之側，淚盈於睫，悲戚不勝，此時景況淒清極矣。少選，慈母復撫余等曰：『爾勿傷心，吾明日病瘳，後日可攜爾赴謁王父及爾父墓所，祝呵護爾。吾家親戚故舊正多，後此當帶爾兄妹各處游玩。吾臥病已久，正思遠行一覩他鄉風物。』時廚娘亦來面余母，似有所詢問，吾母且起且囑余女弟曰：『蕙子且偕阿兄出前樓瞭望，爾兄僕僕征塵苦矣。』已復指廚娘顧余曰：『三郎，爾今在家中諸事，盡可遣阿竹理之。阿竹傭吾家十餘載，爲人誠篤，吾甚德之。』吾母言竟下樓，爲余治晚餐。余心念天下仁慈之心，無若母氏之於其子矣。遂隨吾女弟步至樓前，時正崦嵫落日，漁父歸舟，海光山色，果然淸麗，忽聞山後鐘聲，徐徐與海鷗逐浪而去，女弟告余曰：『此神武古寺晚鐘也。』

第九章

入夜余作書二通：一致吾乳媼，一致羅弼牧師。二書均言余平安抵家，得會余母，并述余母子感謝前此恩德，永永不忘。余母復附寄百金與吾乳媼，且屬其母子千萬珍衛，良會自當有期。迨二書竟，余疲極睡矣。逾日既醒，紅日當窗，即披衣入浴室；浴罷，登樓見芙蓉峯湧現於金波之上，胸次爲之澄澈。此日余母精神頓復，爲余陳設各事無少暇。余歸家之第三日，天甫遲明，余母携余及弱妹趁急行車，赴小田原掃墓。是日陰寒，車行而密雪翻飛，途中景物，至爲蕭瑟：迨車抵小田原驛，雪封徑途矣，荒村風雪中，固無牽車者，，余母遂僱一村婦負余妹。又至驛旁，購鮮花一束。既已，余即扶將母氏步行可三里，至一山脚，余仰睇山頂積雪中露紅牆一角，余母以指示余曰：『是即龍山寺，爾祖及父之墓即在此。』余等遂徐徐躡石蹬而上，既近山門，有聯曰：『蒲團坐耐江頭冷，香火重生刦後灰。』余心謂是聯頗工整。方至殿中，一老尼龍鍾出，與余母問訊敍寒喧畢，尼即往燃香，並擕清水一壺，授余母。余與弱妹隨阿母步至浮屠之後，見王父及先君兩墓並立，四圍繞以鐵柵，柵外復立木柱，柱之四面，悉作曇文書「地，水，火，風，空，」五字，蓋密宗以表大日如來之德者也。余與弱妹拾取松枝，將墳上積雪推去，余母以手提壺灌水，由墓頂而下，少選汎灑嚴穸，香花既陳，余母復摘長青葉一片，端置石案之中，命余等展拜。余拜已，掩面而哭，余母曰：『三郎雪彌劇，余等盍歸。』余遂啓目視墳台，積雪復盈三寸，新陳諸物，均爲雪蔽。余母以白紙裹金授老尼，即與告別，冒雪下山。余母且行且語余曰：『三郎，若姨昨歲卜居箱根，去此不遠，今且與爾赴謁若姨，須知爾幼時若姨愛爾如雛鳳，一日不見爾，則心殊弗懌；先時余攜爾西行，若姨力阻，及爾行後，阿姨肝腸寸斷矣。三郎知若姨愛爾之恩，弗可忘也！』

第十章

既至姨氏許，閽者通報，姨氏即出迓余母，已復引領顧余問曰：『其誰家甯馨耶？』余母指余笑答姨氏曰：『三郎也。前日才歸家。』姨氏聞言喜極曰：『然哉，三郎果生還耶！胡未馳電告我！』言已，即以手撲余肩上雪花，徐徐歎曰：『哀哉三郎！吾不見爾十數載，今余相貌，猶依稀辨析，但較兒時消瘦耳！爾今罷矣，且進吾闥。』遂齊進廳事，自去外衣。倏忽見一女郎，擎茶具，作淡裝出，婀娜無倫，與余等禮畢，時余旁立諦視之，果清超拔俗也；第心甚疑駭，蓋似曾相見者。姨氏以鐵箸剔火鉢寒灰，且剔且言曰：『別來逾旬，使人縈念，前日接書，始知吾妹就痊，稍慰。今三郎歸，誠如夢幻，顧我樂極矣。』余母答曰：『謝姊關垂，身雖老病，今見三郎，心滋怡悅，惟此子殊可愍耳！』此時女郎治茗既備，即先獻余母，次則獻余。余覺女郎此際瑟縮不知為地，姨氏知狀，回顧女郎曰：『靜子，余猶記三郎去時，爾亦知惜別，絲絲垂淚，尚憶之乎？』因屈指一算，續曰：『爾長於三郎二十有一月，即三郎為爾阿弟，爾勿踧踖作常態也。女郎默然不答，徐徐出素手，為余妹理鬢絲，雙頰微生春暈矣。迨晚餐既已，余頓覺頭顱肢體均熱，如居火宅，是夜輾轉不能成寐，病乃大作。翌晨，雪不可止，余母及姨氏舉屋之人，咸怏怏不可狀，謂余此病匪細。顧余雖呻吟牀褥，然以新歸，初履家庭樂境，但覺有生以來，無若斯時欣歡也。於是一一思量，余自脫俗至今，所遇師傅乳媼母子及羅弼牧師家族，均殷殷垂愛，無異骨肉，則舉我前此之飄零辛苦，盡足償矣；第念及雪梅孤苦無告，中心又難自恝耳。然余為僧及雪梅事，都秘而不宣，防余母聞之傷心也。茲出家與合婚二事，眞相背而馳。余既證法身，固弗娶者，雖依慈母，不亦可乎？方遐想間，余母與姨氏入矣，姨氏手持湯藥，行至榻畔呼余曰：『三郎汝病蓋為感冒，汝今且起服藥，一二日後可無事。此藥吾所手采。三郎，若姨日中固無所事，唯好去山中采藥，親製成劑，將施貧乏而多病者，須知世間醫者，莫不貪財，故貧人不幸搆病，只好垂手待斃，傷心慘目，無過於此。吾自顧遺此餘年，舍此采藥濟人之事，無他樂趣。若村嫗燒香念佛，吾弗爲也。三郎，吾與汝母俱爲老人矣，諺云：「老者豫爲交代事，」蓋謂人老只當替後人謀幸福，但自身勞苦非所計，顧吾子現隸海軍，且已娶婦，亦無庸爲後慮。今茲靜子，彼人最關吾懷，靜子少失怙恃，依吾已十有餘載，吾但託之天命。』姨氏言至此，凝思移時，長嘆一聲，復而余曰：『三郎，先是汝母歸來，不及三月，即接汝義父家中一信，謂三郎上山，爲虎所噬；吾思彼方固多虎患，以爲實也。余與汝母，得此凶耗，一哭幾絕，頓增二十餘年老態，茲事亦無可如何，惟有晨夕禱告上蒼，祝小子游魂，來歸阿母。

」余傾聽姨氏之言，厥聲至慘，猛觸宿恨，肺葉震震然，不知所可。久之，仰面見余母容儀，無有悲戚，卽力制余悲，恭謹言曰：「銘感阿姨過愛，第孺子遭逢，不堪追溯，且已成過去陳跡，請阿姨阿母置之。兒後此晨昏得奉阿姨阿母慈祥顏色，卽孺子喜幸當何如也。」

余言已，余母速余飲藥。少選，上身汗出如注，憊極，帖然而臥。

第十一章

余病四晝夜，始臻勿藥。余母及姨氏，舉家喜形於色。時爲三月三日，天氣清新，余就窗次捲簾外盼，山光照眼，花鳥怡魂，心乃滋適。忽念一事，蓋余連日晨醒，卽覺清芬通余鼻觀，以榻畔紫檀几上，必易鮮花一束，插膽瓶中，奕奕有光，花心猶帶露滴。今日忽見一翡翠襟針，遺於几下，方悉其爲彼姝之物：花固美人之貽也。余又頓憶前日似與玉人曾相識者，因余先在維弼女士齋中，所見德意志畫伯阿陀輔手績「沙浮遺影」，與彼姝無少差別耳。方凝竚間，忽注目紗簾之下，陳設甚雅，有雲石案作鵝卵形，上置鑑屏，銀盒，筆硯，絳羅，一塵不著，旁有柚木書匱，狀若鴿籠，藏書頗富，余檢之，均漢土古籍也；迨余迴視左壁，復有小几，上置雁柱鳴箏，似尚有餘音繞諸絃上。此時余始驚審此樓為彼姝妝閣，又心疑彼姝學邃，且翛然出塵，如藐姑仙子　斯時余正覺心中如有所念，移時，又憮然若失。忽見余母登樓，手中將春衣二襲屬余曰：『三郎，今茲寒威易退，爾試易此衣。』余將衣接下，遂伴余母坐於藍緞彈簧長椅之上。余母視余作慈祥之色；旋以手案余額問曰：『吾兒今晨何似？』余曰：『兒無所苦，身略能耳。阿娘以何日將余及妹甯家，余尚未面阿姊也。』余母曰：『何時均可。吾初意俟爾病瘳卽行，但若姨昨夕，苦苦留吾母子勿遽去，今晨已函報爾姊；蓋若姨有切心之事，與我相量，苟爾居此舒泰，吾一時固無歸意。爾知吾年已垂暮，生平親屬咸老，勢必疎遠，安能如盛年時，往來無絕？吾今舉目四顧，唯與若姨形影相弔耳！且若姨見爾中心怡悅靡極，則爾住此，一若在家中可也。吾知爾性耽幽寂，居此樓最適；此樓向爲靜子所居，前日爾來，始移於樓下，與爾妹同室。三郎，爾居此，意若弗適者，儘可語我。』余曰：『敬遵娘言。阿姨屋外風物固佳，小住，於兒心滋樂也。』此時侍者傳言，晨餐已備，余母欣然趣余更衣下樓御膳。余旣隨母氏至食堂，卽鞠躬致謝阿姨厚遇之恩。姨氏以面迎余，欣歡萬狀，引首顧彼姝曰：『託天之庇，三郎無恙矣！靜子爾趨前爲三郎道晨安。』瞬休卽見玉人翩若驚鴻，至余前，肅然爲禮。而此際玉人鬒髮虛鬟，丰姿愈見娟媚，余不敢迴眸正視，唯心緒飄然，如風吹落葉，不知何所止。余兄妹隨阿孃羈旅姨氏家中，不啻置身天苑。姨氏固最憐余，余唯凡百恭謹，以奉阿母，阿姨歡顏，自覺娛悅匪極。苟心有根觸，即倚樹臨流，或以書自遣；顧匵中所藏多宋人理學之書，外有梵章及驢文數種，已爲蟲蝕，不可辨析，俱唐本也；復次有漢譯婆羅多及羅摩延二書，乃長篇叙事詩。二書漢土已失傳矣，唯於華嚴經中偶述其名，稱謂出自馬鳴菩薩；今印度學人多氏之英譯摩訶婆羅多族大戰篇，即其一也。

第十二章

一時雁影橫空，蟈聲四徹，余垂首環行於姨氏庭苑魚塘堤畔，盈眸廓落，淪漪冷然。余默念晨間，余母言明朝將余兄妹遄歸，則此地白雲紅樹，不無戀戀於懷。忽有風聲過余耳，瑟瑟作響，余乃仰空，但見宿葉脫柯，蕭蕭下墮，心始䆮然，知清秋亦垂盡矣：遂不覺中懷惘惘，一若重愁在抱。想余母此時已屏擋行具，方思進退間之軒，一看弱妹，步至石闌橋上，忽聞衣裙綷縩之聲，少選香風四溢，陡見玉人靚妝，僊僊飄舉而來，去余僅數武，一迴青盼，徐徐與余眸相屬矣。天余即肅然鞠躬致敬。爾時玉人雙頰雖赬然，不若前此之羞澀，至於無地自容也。余少矚覘玉人似欲言而未言，余愈踧踖進退，不知所可，唯有俯首覩地。久久，忽殘菊上有物，映余眼簾，飄飄然如粉蝶，行將逾籬落而去，余趨前以手捉之，方知為蟬翼輕紗，落自玉人頭上者，斯時余欲擲之於地，又思於禮微悖，遂將返玉人，玉人知旨，立即雙手進接，以慧目迎余，且羞且發嬌柔之聲，曰：『多謝三郎見助！』此爲余第一次見玉人啓其櫻唇，貽余誠款，故余膠膠不知作何詞以對，但見玉人口竅動處，又使沙浮復生，亦無此莊豔，此時令人眞個消魂矣！玉人尋復俯其頸，吐婉妙之言，微微言曰：『三郎日來安乎？逗子氣候溫利，吾甚思造府奉謁；但阿母事集，恐歲內未能抽身耳。是間比逗子淸嚴幽澈則一，唯氣候懸絕，蓋深山也。唐人詠羅浮詩云：「遊人莫著單衣去：六月飛雲帶雪寒！」吾思此語移用於此，頗覺親切有味，未知三郎以吾言有當不？』余聆玉人詞旨，心乃奇駭，唯唯不能作答，久乃恭謹言曰：『謝阿姊，分神及我。果阿姊見枉寒舍，俾稚弟朝夕得侍左右，垂綸於荒村寒牖，幸何如之！否則寒舍東西詩集不少，亦可挑燈披卷，阿姊得毋嫌軟塵溷人？……敢問阿姊喜誦誰家詩句耶？』玉人低首凝思，旋即星眸屬我，輾然答曰：『感篆三郎盛意，所問愛讀何詩，誠爲笑話！須知吾固未嘗學也　三郎既不以吾爲瀆，敢不出吾肝膈以告？且幸三郎有以教我！』余纍纍如貫珠言曰：『從來好讀陳後山詩，亦愛陸放翁，惟是故國西風，淚痕滿紙，令人心惻耳！比來讀莊子及陶詩，頗自覺徜徉世外，可見此關於性情之學不少。三郎觀吾書櫃所藏多理學家言，此書均明之遺臣朱舜水先生所贈吾遠祖安積公者。蓋安積公彼時參與德川政事，執弟子禮以侍朱公　故吾家世受朱公之賜。吾家藏此書帙，已歷二百三十餘年矣。』此語一發，余更愕然張目注視玉人。玉人續曰：『吾嬰年聞先君道朱公遺事，至今歷歷不忘，吾今覆述三郎聽之。』於是長喟一聲，即愀然曰：『朱公以崇禎十七年，即吾國正保元年，正值胡人猖披之際，予身遠航長崎，欲作秦庭七日之哭，竟不果其志。迨萬治三年，而明社覆矣。朱公以亡國遺民，恥食二朝之粟，遂流寓長崎，以其地與平戶鄭成功誕生處近也。後德川氏聞之，遣水戶儒臣，聘爲賓師，尤殫禮遇，公遂傳王陽明學於吾國土；公與陽明固是同鄉也。至今朱公遺墓，尚存茨城縣久慈郡瑞龍山上。容日當導三郎，一往奠之，以慰亡國忠魂。三郎其有意乎？又聞公酷愛櫻花，今江戶小石川後樂園中，猶留朱公遺愛；此園係朱公親手經營者。朱公以天和二年春辭世，享壽八十有三。公目清人覥然人面，疾之如仇。平日操日語至精，然當易簀之際，公所言悉用漢語，故無人能聆其臨終垂訓，不亦大可哀耶！」

玉人言已，仰空而欷，余亦淒然。二人竚立無語，但聞風聲蕭瑟，忽有紅葉一片，敲玉人肩上，玉人斂其雙蛾，狀似弗懌。因俯首低聲曰：『三郎明朝行耶？胡弗久留？吾自先君見背，舊學拋荒已久，三郎在，吾可執書問難，三郎如不以弱質見棄，則吾雖凋零，可無憾矣！』余不待其言之畢，雙頰大赬，俯首至臆，欲貢誠款，又不工於詞；久乃囁嚅言曰：『阿母言明日歸耳。阿姊懇懇如此，滋可感也。』時余妹亦出自廊間，且行且呼曰：『阿姊不觀吾袷衣已帶耶？晚餐將備，曷入食堂乎？』玉人讓余先行，卽信步隨吾而入。是夕餐事豐美，逾於常日，顧余確不審爲何味。飯罷，枯立樓頭，兀思余今日始見玉人天眞呈露，且殖學滋深，匪但容儀佳也，卽監守天閽之烏舍仙子，亦不能逾是人矣！思至此，忽爾昂首見月明星稀，因誦放翁詩曰：『千巖萬壑無人跡，獨自飛行明月中！』心爲廓然。對月凝思久久，迴顧銀燭已跋，更深矣，遂解衣就寢。復喟然嘆曰：『今夕月華如水，安知明夕不黑雲靉靆耶？』余詞未畢，果聞雷聲隱隱，似發於芙蓉塘外，因亦戚戚無已。尋復嘆曰：『雲耶，雷耶，雨耶，雪耶，實一物也，不過因熱度之異而變耳。多謝天公，幸勿以柔絲縛我！』明日晨餐甫竟，余母命余易旅行之衣，且言姨氏亦攜靜子偕行，余聞言喜甚，謂可免黯然魂消之慼。余等既登車室，玻璃窗上，霜痕猶在。余母及姨氏，指麾雲樹，心曠神怡。瞬息聞天風海濤之聲，不覺抵吾家矣。自是日以來，余循陔之餘，靜子亦彼此常見，但不久譚，莞爾示敬而已。一日細雨廉纖，余方伴余母倚闌觀海，忽微微有叩鐶聲；少選，侍者持一郵筒，跪上余母，母命余發函中紙，少需，觀竟，屬余言曰：『三郎，此爾姊來椷也。言明日蒞此，適逢夫子以明日赴京都才能分身一來省我云，此子亦大可憐。』言至此，微喟，續曰：『諺云「養女徒勞，」不其然乎！女子一嬪夫家，必置其親於腦後，即每逢佳節，思一見女面，亦非易易。雖此因中饋繁雜，然亦天下女子之心，固多忘所自也。昔有貧女嫁數年，夫壻致富，女之父母，私心欣幸，方謂兩口可以無飢矣，誰料不數日，女差人將其舊衣悉還父母，且傳語曰：「好女不着嫁時衣，」意諷嫁時奩具薄也。世人心理如是，安得不江河日下耶？』余母言已，即將吾姊來書置桌上，以慈祥之色回顧余曰：『三郎晨來毋寒乎？吾覺涼生兩臂。』余即答曰：『否。』余母遂徐徐詔余曰：『三郎坐。』余既坐。余母問曰：『三郎，爾視靜子何如人耶？』余曰：『慧秀孤標，好女子也。』余母爾時舒適不可狀，旋曰：『誠然！誠然！吾亦極愛靜子和婉有儀。母今有言，關白於爾，爾聽之：三郎，吾決納靜子爲三郎婦矣。靜子長於爾二歲，在理吾不應爾，然吾仔細迴環，的確更無佳偶逾是人者。顧靜子父母不全，按例須招贅，始可襲父遺蔭；然吾固可與若姨合居，此實天緣巧湊，若姨一切部署已定，俟明歲開春時成禮，至夏吾亦遷居箱根。玆事以情理而論，卽若姨必壻吾三郎，中懷方釋，蓋若姨爲託孤之人，今靜子年事已及，無時不係之懷抱，顧連歲以來，求婚者雖衆，若姨都不之顧。若姨之意，非關門第，第以世人良莠不齊，人心不古，苟靜子不得賢夫子而侍，則若姨將何以自藝？今得吾三郎，若姨重肩卸矣。」余母言至此，悽然欲哭曰：『三郎，老母一生寥寂，今行將見爾[illegible]成嘉禮，卽吾與若姨晚景，亦堪告慰。後此但託天命，吾知上蒼予爾兩小必福慈雙修！』余母方絮絮發言，余心房突突而跳，當余母言訖，余夷猶不敢遽答。正思將前此所歷，逕白余母，繼又恐滋慈母之戚，非人子之道，心念良久，蘊淚於眶，微微言曰：『兒今有言奉于慈母聽納，蓋兒已決心，』余母急曰：『何謂？』余曰：『兒終身不娶耳！』余母聞言極駭，起而張目注余曰：『烏是何言也！爾何所見而爲此言？抑爾固執拗若是？此語眞令余不解！爾年弱冠不娶，人其謂我何！若姨愛爾，不徒然耶？爾澄心思之，此語胡可使若姨聽之者？矧靜子恆爲吾言：舍三郎無屬意之人，爾前次懨懨病臥姨家，湯藥均靜子親自煎調，懷誠已久，尙不知爾今竟岸然作是言也！』余母言至末句，聲愈嚴峻，余即斂涕言曰：『慈母諦聽，兒撫心自問，固愛靜子，無異骨肉，且深敬其爲人，想靜子亦必心知之。兒今茲懇然出是言者，亦非敢抗撓慈母及阿姨之命，此實出諸不得已之苦衷，望慈母恕兒癡昧！』余母悽然不余答，久乃哀咽言曰：『三郎，爾當善體吾意，吾鐘漏且歇，但望爾與靜子早成眷屬，則吾雖入土，猶含笑矣。』

第十三章

余聽母言，淚如瀑瀉，中心自咎，誠不應逆堂上之命，致老母出此傷心之言，此景奚堪！余皋然少間，遽跪余母膝前，婉慰余母曰：『阿孃恕兒，兒誠不孝，兒罪重矣！後此唯有謹遵慈命。兒固不經事者，但望阿孃見恕耳。』余母徐徐收淚，漫聲應曰：『孺子當聽吾言為是。古云：「不信老人言，後悔將何及！」矧吾兒終身大事，老母安得不深思詳察耶？當知孃心無一刻不為兒計也。即爾姊在家時，苟不從吾言，吾亦面加叱責而不姑息，今既歸人，凡事吾可不必過問，須知女心固外向，吾又何言！若靜子則不然：彼姝性情嫻穆，且有夙慧，最稱吾懷，爾切勿以傅粉塗脂之流目之可耳。』余母尙欲有言，適侍女跪白余母曰：『浴室諸事已備，此時剛十句鐘也。』言畢，卽去。余母顏色開霽，撫余肩曰：『三郎，孃今當下樓檢點多衣。十一時方暇，爾去就浴。余此時知已寬慈母之憂，不禁怡然自得。仰視天際游絲，緩緩移去，雨亦遽止，余起易衣下樓就浴。余浴畢，登樓面海，兀坐久之。則又雲愁海思，襲余而來：嘗余今日，慨然許彼姝於吾母之時，明知此言一發，後此有無窮憂患，正如此海潮之聲，續續而至，無有盡時；然思若不爾者，又將何以慰老母？事至於此，今但誼吾身焉，只好權順老母之意，容日婉言勸慰余母，或可收回成命，如老母堅不見許，則歷舉隱衷，或卒能諒余爲空門中人，未應留內，余撫心自問，固非忍人忘彼姝也。繼余又思日俗眞宗，固許帶妻，且於刹中行結婚禮式，一效景教然者，若吾母以此爲言，吾又將何說，答余慈母耶？余反復思維，不可自聊；又聞山後淒風號林，余不覺惴惴其慄。因念佛言身體四大，各自有名，都無我者。嗟乎，望吾慈母，切勿驅兒作啞羊可耳！

第十四章

越日，余姊果來見余，不多言，但亦勸余曰：『吾弟隨時隨地，須聽母言，凡事毋以盛氣自用，則人情世故，思過半矣。致爾謂終身不娶，自以爲高，此直村豎恆態，適足笑煞人耳！三郎爾後此須謹志吾言，勿貽人笑柄也。』余唯唯而退，余自是以來，焦悚萬狀，定省晨昏，輒不久坐，盡日惴惴然，唯恐余母重提意嚮。余母每面余時，歡欣無已，似曾不理余心有閒愁萬種。一日方余在齋中下筆作畫，用宣愁緒，既繪怒濤激石狀，次復畫遠海波紋，已而作一沙鷗斜身墮寒烟而沒，忽微聞叩環聲，繼知吾妹，推扉言曰：『阿兄胡不出外游玩？』余即迴顧，忽爾見靜子作斜紅繞臉之狀，攜余妹之手，竚立門外，見余即鞠躬與余爲禮。余遂言曰：『請阿姊進齋中小坐，今吾畫已竟，無他事也。』余言既畢，余妹強牽靜子逕至余側，靜子注觀余案上之畫，少選，莞爾顧余言曰：『三郎幸恕唐突：昔董原寫江南山，李唐寫中州山，李思訓寫海外山，米元暉寫南徐山，馬遠夏圭寫錢塘山，黃子久寫海虞山，趙吳興寫雪苕山，今吾三郎得毋寫涯山耶？一胡使人見則翛然如置身淸古之域，此誠快心洞目之觀也！』言已，將畫還余。余受之，言曰：『吾畫筆久廢，今興至作此，不圖阿姊稱譽過當，徒令人慚惕耳！』靜子復微哂言曰：『三郎，余非作客氣之言也。誠思今之畫者，但貴形似，取悅市儈，實則甯達畫之理趣哉？昔人謂畫水能終夜有聲，余今觀三郎此畫，果得證其言不謬。三郎此幅，較諸近代名手，固有瓦礫明珠之別，又豈待余之多言也？』余傾聽其言，心念世甯有如此慧穎者？因退立其後，略擧目覷之：鬟髮膩理，纖穠中度，余暗自嘆曰：『眞曠刧難逢者也！』忽而靜子迴盻赧赧然曰：『三郎此畫能見賸否？三郎或不以余求在禮爲背否？余觀此景滄茫古逸，故愛之甚摯，余茲發問，度三郎能諒我耳！』余即答曰：『豈敢豈敢！此畫固不值阿姊一粲，吾意阿姊固精通繪事者，望阿姊毋吝教誨，作我良師。不寧佳乎？』靜子瑟縮垂其雙睫，以柔荑之手，理其羅帶之端，言曰：『非然也，昔日雖偶習之，然一無所成，今唯行篋所藏「花燕」一幅而已。』余曰：『請問云何「花燕」？』靜子曰：『吾家園池，當荷花盛開時，每夜有紫燕無算巢荷花中，花盡猶不去，余感其情性，命之曰：「花燕，」爰爲之圖。三郎今容我檢之來，第恐貽笑大方耳！』余鞠躬對曰：『請阿姊速將來，弟亟欲拜觀。』靜子不待余言之畢，即移步鞠躬，輕振其袖，薰香撲人。余遂留余妹問之曰：『不聞阿母阿姨聲音，抑外出耶？』余妹答曰：『然，阿姊約阿姨阿母俱出，謂往葉山觀千貫松，兼有他事順道謁淡島神社，已屬廚娘，今日午膳在十二句半鐘，幷囑吾語阿兄也。』余曰：『妹曷未同往？』妹曰：『不，靜姊不往，故吾亦不願往。』余顧余妹手中攜有書籍，即詰之曰：『何書？』妹曰：此『波彌尼八部書也。』余曰，『此爲「梵文典」，吾妹習此乎？』妹曰：『靜姊每日授余誦之；顧初學殊艱，久之漸覺醰醰有味，其句度雅麗，迥非獨逸法蘭西英吉利所可同日而語。』余曰：『然則靜姊固究心「三斯克列多」文久矣。』妹曰：『靜姊平素喜談佛理，以是因緣，好涉獵梵章；嘗語妹云：「佛教雖斥聲論，然楞伽瑜伽所說五法：曰相，曰名，曰分別，曰正智，曰眞如，與波彌尼派相近，楞嚴後出，依於『耳根圓通』有聲論宣明之語，是佛教亦取聲論，特形式相異耳。」』余聽畢，正色語余妹曰：『善哉，靜姊果超凡入聖矣。吾妹謹隨之學毋怠！』

第十五章

余語吾妹既訖，私心歎曰：『靜子慧骨天生，一時無兩，寧不令人畏敬！惜乎吾固勿能長侍秋波也。』已而靜子盈盈至矣。靜子手持繢絹一幀，至余前，余肅然起立，接而觀之：蓮池之畔，環以垂楊修竹，固是姨家風物；有女郎兀立，風采盎然，碧羅爲衣，頗得吳帶當風之致，女郎挽文金高髻，卽漢制飛仙髻也，俯觀花燕，且自看妝映，翛然有出塵之姿，飄飄有凌雲之慨，余讚歎曰：『美哉伊人！奚啻眞眞者！』靜子聞言，轉目盼余兼視余妹，莞爾言曰：『究又奚能與三郞之言相副耶？且三郞安可以外貌取人，亦覘其中藏如何耳。畫中人外觀，似弈弈動人，第不能言，三郞何從諗其中心，着何顏色者？』余置其言弗答，續曰：『畫筆秀逸無倫，固是仙品，余生平博覽丹青之士，咸弗能逮。嗟乎，衣缽塵土久，吾尙何言！今且據行雲流水之描，的是吾姊戛戛獨造，使余嘆觀止矣，阿姊端的吾師，吾何幸哉！』靜子此時，羞不能答，俛首須臾，委婉言曰：『三郞胡爲而作如是言，令淺嘗者無地自容。但願三郎將今日之畫見賜，俾爲臨本，兼作永永紀念；以畫中意況，亦與余身世吻合；迹君性情，當謂非然者！」余曰：『余久不復屬意於畫，蓋已江郎才盡。阿姊自是才調過人，固應使我北面紅妝，云何謂我妄言？』靜子含羞不余答，余亦無言，但雙手擎余畫獻之，且無心而言曰：『敬乞吾畏友哂存，聊申釋弱傾服之誠，非敢言畫也！』靜子欣然曰：『三郎此言，適足以彰大作之益可貴耳！』言已，卽平舖袖角，端承余畫，以溫厚之詞答曰：『敬謝三郎！三郎無庸以畏友外我，今得此畫，朝夕對之，不敢忘錫人也！』是夕，微月已生，西海水波不興，余乃負杖出門，隨步所之，遇漁翁，相與閒話。迄翁收拾垂綸，余亦轉身歸去。時夜靜風嚴，余四顧，舍海曲殘月而外，別無所覩。及去余家僅丈許，瞥見有人俏立海邊孤石之旁，靜覩海面，余諦矚倩影亭亭，知爲靜子，遂前叩之曰：『立者非吾阿姊乎？』靜子聞余聲，却至欣悅，急迴首應曰：『三郎歸何晏？獨不避海風耶！吾遲三郎於此久矣，三郎出時可曾加衣否？向晚氣候，不比日間，恐非三郎所勝，不能使人無戚戚於中，三郎善自珍攝，寒威滋可畏也。』余即答曰：『感謝吾姊關垂。天寒夜寂，敢問吾姊於此，沈沈何思，女弟胡未奉左右？』靜子則柔聲答曰：『區區弱質，奚云惜者！今余方自家中來，姨母令姊令妹及阿母，咸集廚下製瓜圇粉果，獨余偷閒來此，奉候三郎，三郎歸，吾心至適。』余重謝之曰：『深感阿姊厚意見待，愧弗克當，望阿姊次回，毋冒夜以竚我，吾姊恩意，特恐下走不稱消受耳！』余言畢，舉步欲先自入門，靜子趣前扶將曰：『三郎且住，三郎悅我請問數言乎？

』余曰：『何哉？姊胡爲客氣乃爾！阿姊欲有下問，稗弟固無不願奉白者也。』靜子躊躇少間，乃出細膩之詞，第一問曰：『三郎邇來相見，頗帶幽憂之色，何故者？是不能令人無鬱拂，今願竊有請耳。』余此時心知警兆，兀立不語。靜子第二問曰：『三郎可知今日阿母邀姨母令姊往禮淡島明神，何因也，吾思想三郎必未之審。』余聞語茫然，瞠不能答，旋曰：『果如阿姊言，未之悉也。』靜子低聲而言，其詞斷續不可辨，似曰：『三郎鑒之，總爲君與區區不肖耳！』

第十六章

余胸震震然，知彼美言中之骨也。余正怔忡間，轉身稍離靜子所立處，故作漫聲指海面而言曰：『吾姊試望海心黑影，似是魚舸經此，然耶，否耶？』靜子垂頭弗余答；少選，復步近余胸前，雙波略注余面，余在月色溟濛之下，凝神靜觀其臉，橫雲斜月，殊勝端麗。此際萬籟都寂，余心不自鎮，既而昂首矚天，則又烏雲彌布，祇餘殘星數點，空搖明滅，余不覺自語曰：『吁，此非人間世耶！今夕吾何爲置身如是景域中也！』余言甫竟，似有一縷吳綿，輕溫而貼余掌，視之，則靜子一手，牽余一手，扶彼枯石而坐，余即立其膝畔，而不可自脫也。久之，靜子發清響之音，如怨如訴曰：『我且問三郎，先是姨母，曾否有言關白三郎乎？』余此際神經已無所主，幾於膝搖而牙齒相擊，垂頭不敢睇視。心中默念：情網已張，插翼難飛，此其時矣！但聞靜子連復問曰：『三郎乎，果阿姨作何語？三郎寧勿審於世情者？抑三郎心知之，故弗肯言，何見棄之深耶！余日來見三郎愀然不歡，因亦不能無瀆問耳。』余乃力制驚悸之狀，囁嚅言曰：『阿娘嚮無言說，雖有，亦已依稀不可省記。』余言甫發，忽覺靜子筋脈躍動，驟鬆其柔荑之掌，余知其心中因吾言而愕然耳。余正思言以他事，忽爾悲風自海面吹來，乃至山巔，出林薄而去。余方凝佇間，靜子四顧皇然，即襟間出一溫香羅帕，塡余掌中，立而言曰：『三郎，珍重，此中有繡角梨花箋，吾嬰年隨阿母學挑繡而成，謹以奉贈，聊報今晨傑作，君其納之！此閒花草，甯足以貢三郎？其亦知吾心耳。』余乍聞是語，無以爲計，自念拒之於心良弗忍，受之則覩物思人，甯可實踐成言，以遂其心耶！余反復思維，不知所可。靜子旋欲有言，余陡聞陰風怒號，聲振十方，巨浪觸石，慘然如破車之聲。靜子自將箋帕襲之，謹納余胸間，既訖，遽握余臂，以腮熨之，嚶嚶欲泣曰：『三郎受此勿戚，願蒼蒼者祐吾三郎無恙。今吾兩人同歸，朝母氏也。」余呆立無言，唯覺胸際趯趯而躍，靜子嬌不自勝，掺余徐行。及抵寓中，稍覺清爽，然心緒紛亂，廢棄一切。此夜今時，因悟使不析吾五漏之軀以還父母，又那能越此情關，離諸憂怖耶！

第十七章

翌朝，天色清朗，惟氣候遽寒，蓋冬深矣。余母晨起，即部署廚娘，出餺飥，又陳備飲食之需；既而齊聚膳廳中，歡聲騰徹，余始知姊氏今日歸去。靜子此際作魏代曉霞妝，餘髮散垂右肩，束以蹣帶，迥絕時世之裝。靦覥與余爲禮，益增其冷艷也。余既近鑪聯坐，中心滋耿耿，以昨夕款語海邊之時，余未以實對彼姝故耳。已而姊氏辭行，余見靜子拖百褶長裙，手攜余妹送姊氏出門，余步跟其後，行至甬道中，余母在旁，命余亦隨送阿姊。靜子聞命，欣然即轉身爲余上冠杖；余曰：『謹謝阿姊，待我周浹。』余等齊行，送至驛上，展輪車發，遂與余姊別。歸途唯靜子及余兄妹三人而已。靜子緩緩移步，遠遠見農人治田事，因出其纖指示余；順口吟曰：『「采菱辛苦廢犁鋤，血指流丹鬼質枯；無力買田聊種水，近來湖面亦收租。」三郎，此非范石湖之詩歟？在宋已然，無怪吾國今日賦稅之繁且重！吾為村人生無限悲感耳。』靜子言畢，微喟，須臾忽絳其頰，盼余問曰：『三郎得毋勞頓？日來身心，亦無恙耶？吾晨朝聞阿母傳言，來週過後更三日，當挈令妹及余歸箱根，未審於時三郎可肯重塵游屐否？』余聞言，萬念起落，不即答；轉顧靜子，匿面於綾傘流蘇之下，引慧目迎余，為狀似甚羞澀。余曰：『如阿娘行，吾必隨侍尊府。』余言已，復迴顧靜子眉端，隱約見愁態。轉瞬靜子果蘊淚於眶，嚶然而呻曰：『

吾晨來在膳廳中，見三郎，胡乃作戚戚容？得毋玉體違和？敢希見告耳！苟吾三郎有何傷感，亦不妨掬心相示，幸毋見外也。』余噤噤弗答。靜子復微微言曰：『君其怒我乎？胡靳吾請！』余停履抗聲答曰：『心偶不適，自亦不識所以然，勞阿姊詢及，慚惕何可言，萬望阿姊饒我！』余且行且思，忽然有觸於心，弗可自持，因失聲呼曰：『吁，吾滋愧悔於中，無解脫時矣！』余此時淚隨聲下。靜子雖聞余言，殆未得窺余命意所在，默不一語；繼而容光慘悴，就胸次出丹霞之巾，授余揾淚，慰藉良殷，至於紅淚沾襟，余暗驚曰：『吾兩人如此，非壽徵也！』旁午始莅家庭，靜子與余都弗進膳。

第十八章

余姊行後，忽忽又三日矣。此日大雪繽紛，余緊閉窗戶，靜坐思量，此時正余心與雪花交飛於茫茫大海間也！余思久之，遂起立徘徊，歎曰：『蒼天蒼天，吾胡盡日懷抱百憂於中，不能自彊耶！學道無成，而生涯易盡，則後悔已遲耳。』余諦念彼姝，抗心高遠，固是大善知識，然以眼波決之，則又兒女情長，殊堪畏怖；使吾身此時爲幽燕老將，固亦不能提鋼刀慧劍，驅此嬰嬰宛宛者於漠北。吾前此歸家，爲吾慈母，奚事一逢彼姝，遽加余以爾許纏綿婉戀，累余亟身於情網之中，負己負人，無有是處耶？嗟乎．繫於情者，難乎尤怨，歷古皆然，吾今胡能溺溺家庭之戀，以閑愁自戕哉！佛言：「佛子離佛數千里，當念佛戒。」吾今而後，當以持戒爲基礎，其庶幾乎！余輾轉思維，忽覺斷惑證眞，刪除艷思，喜慰無極，決心歸覓師傅，冀重重懺悔耳。第念此事決不可以稟白母氏，母氏知之，萬不成行矣。忽而余妹手託錦製瓶花入，語余曰：『阿兄，此妹手造慈溪派插花，阿兄月旦，其能有當否？』余無言，默視余妹，心忽惘楚，淚盈余睫，思欲語以離家之旨，又恐行不得也。迄吾妹去後，余心顫不已，返身掩面，成淚人矣！此夕余愁緒復萬疊如雲，自思靜子日來憔悴，已有病容；迹彼情詞，又似有所顧慮，抑已洞吾隱衷，以我為太上忘情者歟？今既不以禮防為格，吾胡不親過靜子之室，敘白前因，或能宥我；且名姝深愫，又何可棄捐如是之速者？思已，整襟下樓，緩緩而行；及至廊際，聞琴聲，心知此吾母八音琴，為靜子所彈，以彼姝喜調梅春之曲也。至「夜迢迢銀臺絳蠟，伴人垂淚」句，忽而雙絃不譜，音變滯而不延，似為淚珠沾溼。迄餘音都杳，余已至窗前，屏立不動，乍聞余妹言曰：『阿姊，晨來所治針黹，亦已畢業未？』靜子太息答余妹曰：『吾欲爲三郎製領結，顧累日未竟，吾工眞濡滯也！』余旣知余妹未睡，轉身欲返，忽復聞靜子凄聲和淚細詰余妹曰：『吾妹知阿兄連日胡因鬱鬱弗舒，恆露憂思之狀耶？』余妹答曰：『吾亦弗審其由。今日尙見阿兄獨坐齋中，淚涔涔下。良匪無以，妹誠愕異，又弗敢以稟阿孃，吾姊何以教我，慰阿兄耶？』靜子答曰：『顧乃無術。惟待余等歸期，吾妹努力助我，要阿兄同行，吾甯家，則必有以舒阿兄鬱結；阿兄涖吾家，兼可與吾妹劇談破寂，豈不大妙！不觀阿兄面龐，近日十分消瘦，令人滋恨恨。今有一言相問吾妹，妹知阿母阿姨或阿姊，獨有何語，吩咐阿兄否？』余妹曰：『無所聞也。』靜子不語，久之微呻曰：『抑吾有所開罪阿兄耶？余雖勿慧，曷遂相見棄！』言至此，噎焉而止。復曰：『待明日，但乞三郎加示喩耳。

」靜子言時，淒咽不復成聲。余猛觸彼美沛然至情，萬緒悲涼，不禁欷歔泣下。乃歸和衣而寢。

第十九章

天將破曉，余憂思頓釋，自謂覓得安心立命之所矣。盥漱既訖，於是就案搦管搆思，憮然少間，力疾書數語於素箋云：

『靜姊妝次：嗚呼，吾與吾姊終古永訣矣！余實三戒俱足之僧，永不容與女子共住者也。吾姊盛情殷渥，高義干雲，吾非木石，云胡不感？然余固是水曜離胎，遭世有難言之恫，又胡忍以飄颻危苦之軀，擾吾姊此生哀樂耶！今茲手持寒錫，作遠頭陀矣！塵塵剎剎，會面無因，伏維吾姊，貸我殘生。夫復何云！倏忽離家，未克另稟阿姨阿母，幸吾姊慈悲哀愍，代白此心；並婉勸老，切勿悲念頑兒身世，以時強飯加衣，卽所以憐兒也。幼弟三郎含淚頂禮。』——

書畢，卽易急裝，將箋暗納於鞋骨細盒之內，盒爲靜子前日盛果媵余，余意行後，靜子必能檢盒得箋也。摒擋既畢，擧目見壁上銅鐘，鏘鏘七奏，一若催余就道者。此時阿母阿姨，咸在寢室，爲余妹理衣飾；靜子與廚娘女侍，則在廚下，都弗余覺。余竟自闢櫃潛行，行數武，余迴顧，忽見靜子亦匆匆踵至，綠鬢垂於耳際，知其還未櫛掠，但倉皇呼曰：『三郎，侵晨安適？夜來積雪未消，不宜出行；且晨餐將備，曷稍待乎？』余心爲赫然，卽脫冠致敬，恭謹以答曰：『余近日疎慵特甚，忘却爲阿姊道晨安，幸阿姊恕之。吾今日欲觀白瀧不動停神，須趁雪未溶時往耳。敬乞阿姊勿以稚弟爲念。』靜子趣近余前，愕然作聲問曰：『三郎顏色，奚爲乍變，得毋感冒？』言畢，出其膩潔之手，按余額角，復執余掌言曰：『果熱度騰湧，三郎此行可止，請速歸家，就榻安歇。待吾稟報阿母。』言時聲顫欲嘶。余卽陳謝曰：『阿姊太過細心。余維覺頭部微暈，正思外出，吸取清氣耳。望吾姊勿尼吾行，二小時後，余卽甯家，可乎？』靜子以指掠其鬢絲，微歎不余答，久乃嬌聲言曰：『然則吾請侍三郎行耳。』余急曰：『何敢重煩玉趾！余一人行道上，固無他慮。』靜子似弗釋，含淚盼余喟然答曰：『否，粉身碎骨，以衞三郎，亦所弗惜，況區區一行耶！望三郎莫累累見却，卽幸甚矣。』余更無詞固拒，權伴靜子逡巡而行。道中積雪照眼，余略顧靜子芙蓉之靨，襯以雪光，莊艷絕倫，吾魂又爲之奭然而搖也！靜子頻頻出素手，謹炙余掌，或捫余額，以覘熱度有無增減。俄而行經海角砂灘之上，時値海潮初退，靜子下其眉睫，似有所思；余矚靜子淸癯已極，且有淚容，心滋惆悵，遂扶靜子腰圍，央其稍歇；靜子脈脈弗語，依余憩息於細軟乾砂之上。此時余神志爲爽，心亦鎭定，兩鬢熱度盡退，一如常時，但靜默不發一言；靜子似漸釋其悲梗，倘復含愁注覷海上波光。久久，忽爾扶余臂愀然問曰：『三郎，何思之深也！三郎或深訝吾言唐突耶：前接香江郵筒中附褪紅小簡，作英吉利書，下署羅弼氏者，究屬誰家掃眉才子，可得聞乎？吾觀其書法娬媚動人，寧讓簪花體格，奈何以此盤行鳥絲，惑吾三郎，怏怏至此田地，余以私心決之，三郎意似憐其薄命如櫻花然者。三郎今茲肯爲我傾吐其詳否耶？』余無端聞其細膩酸咽之詞，以余初不宿備，故噤不能聲。靜子續其聲韻曰：『三郎胡爲緘口如金人，固弗容吾一聞芳詢耶？』余遂遜報曰：『彼馬德利產，其父卽吾恩師也。』靜子聞言，目動神搖，似極慘悴；故遲遲言曰：『然則彼人殆絕代麗姝，三郎固豈能忘懷者！』言畢哆其櫻脣，迴波注睇吾面，似細察吾方寸作何響背。余略引目視靜子，玉容瘦損，忽而慧眼含紅欲滴，余心知此子固天懷活潑，其此時情波萬疊而中沸矣。余情況至窘，不審將何詞以答；少選，遽作莊容而語之曰：『阿姊當諒吾心，絮問何爲？余實非有所戀戀於懷；顧余素怏怏不自聊者，又非如阿姊所料。余周歷人間至苦，今已絕意人世，特阿姊未之知耳！』余言畢，靜子揮其長袖，掩面悲咽曰：『宜乎三郎視我漠若路人！余固烏知者！』已而復曰：『嗟乎三郎，爾意究安屬？心向麗人則亦已耳，寗遂忍然弗爲二老計耶！』余聆其言，良不自適，更不忍傷其情款；所謂藕斷絲連，不其然歟！余遂自紹愁絲，陽慰之曰：『稚弟胡敢者？適戲言耳。阿姊何嘗介蒂於中，令稚弟皇恐無地！實則余心緒不寧，言乃無檢，阿姊愛我既深，倘冀阿姊今以恕道加我，感且無任耳！阿姊其見宥耶？』靜子聞余言，若喜若憂，垂額至余肩際，方含意欲申，余即撫之曰：『悲乃不倫，不如歸去！』靜子愁愫略釋，盈盈起立，捧余手重復親之，言曰：『三郎，記取後此無論何適，須約我偕行，寸心釋矣。若今晨匆匆自去，將毋令人縣念耶！』余即答曰：『敬聞命矣。』靜子此時俯身，拾得虹紋貝殼，執玩反覆，旋復置諸沙面，爲狀似甚樂也。已而駢行，天忽陰晦，欲雪不雪，路無行人。靜子且行且喟，余慄慄惴懼不已，乃問之曰：『阿姊奚歎？』靜子答曰：『三郎有所不適，吾心至慊。』余曰：『但願阿姊寬懷。」此時已近山脚孤亭之側，離吾家祇數十武；余停屐謂曰：「請阿姊先歸以慰二老，小弟至板橋之下，拾螺蛤數枚，歸貽妹氏；容緩二十分鐘嘗家，第恐有勞垂盼。阿姊願耶？否耶？」靜子曰：「甚善。余先歸爲三郎傳朝食。」言畢，握余手略鞠躬言曰：「三郎早歸！吾偕令妹佇伺三郎，同御晨餐。今夕且看明月照積雪也。」余垂目細瞻其雪白冰清之手，微現蔚藍脈線，良不忍遽釋，惘然久之。因曰：「敬謝阿姊禮我！」

第二十章

余目送靜子珊珊行後，喟然而歎曰：「甚矣，柔絲之絆人也！」余自是力遏情瀾，亟轉山脚疾行。漸前，適有人夫牽空車一輛，余招而乘之，逕赴車站；購票訖，汽車即發。二日半，經長崎，復乘歐舶西渡，余方豁然動念，遂將靜子曩日所贈鳳文羅簡之屬，沉諸海中，自謂憂患之心都泯。更二日，抵上海；余即日入城，購僧衣一着易之，蕭然歸武林去。以余素慕聖湖之美，今應順道酬吾夙願也。既至西子湖邊，盈眸寂樂，迴絕塵寰。余復泛瓜皮舟，之茅家埠。既至，余舍舟，肩挑被席數事，投靈隱寺——即宋之問「樓觀滄海日，門對浙江潮」處也。余進山門，復至客堂，將行李放堂外左邊，即自往右邊鵠立；久久，有知客師來問曰：『大師何自而來？』余曰：『從廣州來。』知客聞言欣然曰：『廣東富饒之區也。』余弗答，摩襟出牒示之；知客審視牒訖，復欣然導余登南樓安息。余視此樓頗廣，丁方可數丈，樓中一無所有，唯灰磚數方而已。迄薄暮，齋罷，余急就寢，即以灰磚代枕。入夜，余忽醒，弗復成寢，又聞樓中作怪聲，甚厲，余心驚疑是間有鬼，慘慄不已；急以絨氈裹頭，力閉余目，雖汗出如瀋，亦弗敢少動。漫漫長夜，不勝苦悶。天甫遲明，聞鐘聲，卽起，詢之守夜之僧，始知樓上罻多松鼠，故發此怪聲，來往香客，無不驚訝云。晨粥旣畢，主持來屬余曰：『師遠來，晨夕無庸上殿，但出山門掃枯葉柏子，聚而焚之。』余曰：『謹受教。』過午，復命余將冷泉亭石脚衰草剗淨。如是安居五日，過已，余頗覺翛然自得，竟不識人間有何憂患，有何恐怖，聽風望月，萬念都空。惟有一事，不能無憾：以是間風景爲聖湖之冠，而冠蓋之流，往來如鯽，竟以淸淨山門，爲凡夫俗子宴遊之區，殊令人弗堪耳！

第二十一章

余一日無事，偶出春淙亭眺望。忽見壁上新題，墨痕猶溼，余細視之，即捐官竹枝詞數章也。其詞曰：

二品加銜四品階，皐然綠轎四人抬。黄堂半跪稱卑府；白簡通詳署憲臺。督撫請談當座批；臬藩接見大門開。便宜此日稱觀察，五百光洋買得來。

大夫原不會醫生，誤被都人喚此名。說夢但求升道府；升階何敢望參丞。外商吏禮皆無分；兵戶刑工浪掛名。一萬白銀能報效，燈籠馬上換京卿。

一麾分省出京華，藍頂花翎到處誇。直與翰林爭俸滿；偶兼坐辦望釐差。大人兩字憑他叫；小考諸童聽我枷。莫問出身淸白否，有錢再把道員加。

工賑捐輸價便宜，白銀兩百得同知。官場逢我稱司馬。照壁憑他畫大獅。家世問來皆票局；大夫買去署門楣。怪他多少功牌頂。混我胸前白鷺鷥。

八成遇缺儘先班，銓補居然父母官。刮得民膏還夙債；掩將妻耳買新歡。若逢苦缺還求調，偏想諸曹要請安。別有上台饒不得，一年節壽又分餐。

補掛朝珠頂似晶，冒充一個狀元郎。教官都作加銜用；般戶何妨苦缺當。外放祇能掄刺史；出身原是做廚房。可憐裁缺悲公等，丟了金錢要發狂。

小小京官不足珍，素珠金頂亦榮身。也隨編檢稱前輩；曾向王公作上賓。借與招牌充薙匠；呼來雅號冒儒臣。銜條三字翰林院，誑得家人喚大人。

余讀至此，謂其詞雅謔：首章指道員，其二郎中，其三知府，其四同知，其五知縣，其六光祿寺署丞，其七待詔，惜末章爲風雨剝滅，不可辨；只賸「天喪斯文人影絕，官多捷徑士心寒」一聯而已。此時「科舉」已廢，蓋指留學生而言也。余方欲行，適有少年比丘，負囊而來，余觀其年，可十六七，面帶深憂極恨之色。見余即肅容合十向余而言曰：『敬問阿師，此間能容我掛單否乎？』余曰：『可。吾導爾至客堂。』比丘曰：『阿彌陀佛！』余曰：『子來從何許？觀子形容，勞困已極，吾請助子負囊。』比丘顰蹙曰：『謝師厚意，吾果困頓，如阿師言：吾自湖南來者，吾發願參禮十方，形雖枯槁，第吾心中懊惱，固已淨盡無餘，且勿知苦爲何味也！……』

第二十二章

晚上比丘與余同歇樓上。余覘其衣單，均非舊物，因意其必爲新剃渡，又一望可知其中心，實有千端愁恨者。遂叩之曰：『子出家幾載？』比丘聆余言，沉思久之，淒然應余曰：『吾削髮僅月餘耳。阿師待我殊有禮義，中心甯弗感篆！我今且語阿師以吾何由而出家者：吾恨人也，自幼失怙恃，吾叔貪利，鬻余於鄰邑巨家爲嗣。一日，風雨淒迷，余靜坐窗間，讀唐五代詞，適鄰家有女，亦於斯時當窗刺繡，余引目望之，蓋代容華，如天仙臨凡也；然余初固不敢稍萌妄念。忽一日，女繙一小小蠻箋，以紅線輕繫於蜻蜓身上，令徐徐飛入余窗；蓋鄰窗與余窗斜對，僅離六尺，下有小河相界耳。余得箋，循還雒誦，心醉其美，復艷其情，因歎曰：「吾何修而能枉天仙下盼耶？」由是夢魂，竟被鄰女牽繫，而不能自作主持矣！此後朝夕，必臨窗對唔，且餽余以錦綉文房之屬；吾知其家貧親老，亦厚報之以金，如是者屢矣。一日，女復自綉秋海棠筆袋，實以旃檀香屑見貺，余感鄰女之心，至於萬狀。中心自念，非更得金以酬之，無以自對良心；顧此時阮囊羞澀，遂不獲已，告貸於廝僕。不料僕陽諾而陰述諸吾義父之前。翌晨，義父嚴責余曰：「吾素愛汝，汝竟行同浪子耶？吾家斷無容似汝敗行之人！汝去！」義父言畢，即草一函，囑余挈歸，致吾叔父。吾受函入房，女猶倚窗迎余含笑，余正色告之曰；「今日見擯於老父，後此何地何時，可圖良會耶？」女聆余言，似不歡，怫然豎其一指，逡巡答余曰：「今夕無月，君於十一句鐘，以舴艋至吾屋後，君能之乎？」亟應曰：「能之。」余既領香諭，自以爲如天之福也；即歸至家，叔父詰余曰：「汝語我，將錢何所用，賭耶？交游無賴耶？」余唯恭默，不敢答一辭，恐直言之，則鄰女聲名瓦解，是何可者！俄傾叔又復問曰：「汝究與誰人睹耶？」余弗答如故，遂益中吾叔父之怒，乃以桐城菸斗，亂刺余肩；余忍痛不敢少動，又不敢哭。黃昏後余潛取鄰舍漁舟，肩痛不可忍，自念今夕不行，將負諾，則痛且死，亦安能格我者！遂勉力搖舟，款乃而去，及至其宅，剛九句鐘，余心滋慰，竟忘痛楚，停橈於屋角。待久之不見人影，良用焦憂，忽驟雨如覆盆，余將孤艇駛至牆緣芭蕉之下，冒風雨而立。直至四更，亦復杳然，余心知有變，躍身入水，無知覺已。迨余漸醒，四矚竹籬茅舍，知爲漁家，一翁一媪，守余側，頻以手按余胸次，甚殷，余突然問曰：「叟及夫人，拯吾命耶？然余誠無面目，更生人世！」媪曰：『悲哉，吾客也！客今且勿言，天必祐客平安無事，吾謝天地！」余聞媪言辭温厚，不覺墮淚，悉語以故。媪白髮婆娑，搖頭歎曰：「天下負心人兒，比比然也。客今後須知自重。」叟曰：「勉乎哉，客今回頭是岸，佳也。」余收淚跪別翁媪而行，莫審所適，悲騰恨溢，遂入岳麓爲僧。乃將腰間所繫海棠筆袋，幷香屑葬於飛來鐘樹脚之側；後此附商人來是間。今茲茫茫宇宙，又烏覩所謂情，所謂恨耶？』余聞湘僧言訖，歷歷憶及舊事，不能寧睡。忽依稀聞慈母責余之聲，神爲聳然而動；淚滿雙睫，頓發思家之感。翌朝，余果病，不能興。湘僧晨夕爲爲余司湯藥粥飯各事，余輒於中夜感極涕零，遂與湘僧爲患難交。後此湘僧亦備審吾隱恫，形影相弔，無片刻少離。余病兼旬，始獲清健，能扶杖出山門眺望，潭映疏鐘，清入骨髓。

第二十三章

忽一日監院過余言：『明日中元節，城內麥家有法事，首座命衲應赴；並詢住僧之中，誰合選爲同伴者，衲以師對，首座喜甚。道師沉靜寡言，足壯山門風範，能起十方宗仰。且麥氏亦嶺南人，以師款洽，較他人方便，此吾儕不得不借重於吾師也。』余答曰：『余出家以來，未嘗習此，舍「香讚」心經大悲咒而外，一無所能，恐辱命，奈何？』監院曰：『瑜伽焰口，只此亦夠。尙有侍者三人，於諸事殊練達，師第助吾等敲木魚與添香翦燭之外，無多勞，萬望吾師勿辭辛苦，則常住增光矣！』余不獲已允之，監院欣然遂去。余語湘僧曰：『此無益於正教，而適爲人鄙夷耳。應赴之說，古未之聞。昔白起爲秦將，坑長平降卒四十萬，至梁武帝時，誌公智者，提斯悲慘之事，用警獨夫好殺之心，幷示所以濟拔之方：武帝遂集天下高僧，建水陸道場七晝夜，一時名僧，咸赴其請，應赴之法，自此始。余嘗攷諸內點：昔佛在世，爲法施生，以法教化四生，人間天上，莫不以五時八教，次第調停而成熟之；諸弟子亦各分化十方，恢弘其道。迨佛滅後，阿難等結集三藏，流通法寶，至漢明帝時，佛法始入震旦。唐宋以後，漸入澆漓，取爲衣食之資，將作販賣之具，嗟夫，異哉，自旣未度，焉能度人！譬如下井救人，二俱陷溺，且施者而不取之謂；今我以法與人，人以財與我，是謂貿易，云何稱施？況本無法與人，徒資口給耶！縱有虔誠之功，不贖貪求之過，若復苟且將事，以希利養，是謂盜斯主物，又謂之負債用，律有明文，呵責非細！」湘僧曰：『阿師言深有至理，令人不可置一詞也。第余又不解誌公胡必作此懺儀，延誤天下蒼生耶？』余曰：『誌公本是菩薩化身，能以圓晉利物。唐持梵唄，已無補秋毫，矧在今日凡僧，更何益之有！雲棲廣作懺法，蔓延至今，徒誤正修，以資利養，流毒沙門，其禍至烈！至於禪宗本無懺法，而今亦相率崇效，非宜深戒者乎！願吾與子，俱是正信之人，旣皈依佛，但廣說其四諦八正道，豈人天小果有漏之因，同日語哉！』湘僧曰：『善哉！馬鳴菩薩言諸菩薩舍妄一切顯眞實，諸凡夫覆眞一切顯虛妄。』

第二十四章

明日，余隨監院蒞麥氏許，然余未嘗詢其爲何名，隸何地，但知其爲宰官耳。入夜，法事開場，此余破題兒第一遭也，此時男女疊肩環觀者甚衆，監院垂睫合十，朗念眞言，至「想骨肉已分離，覩音容而何在，」聲至淒惻，及至「嗚呼！杜鵑叫落桃花月，血染枝頭恨正長！

」又「昔日風流都不見，綠楊芳草髑髏寒；」又「將軍戰馬今何在，野草閒花滿地愁！」等句，則又悲健無倫。斯時舉屋之人，咸屏默無聲，注矚余等。余忽聞對壁座中，有嬰宛細碎之聲，言曰：『殆此人無疑也！迴憶垂髫，恍如隔世，寧勿淒然？』時復有男子太息曰：『傷哉，果三郎其人也！』余驟聞是言，豈不驚怕？余此際神色頓變，然不敢直視。女郎復曰：『似大病新瘥，我知三郎固有難言之隱耳！』余默察其聲音久之；始大悟其即麥家兄妹，爲吾鄉里，又爲總角同窗，計相別五載，想其父今爲官於此，回首前塵，徒增浩歎耳。憶余羈香江時，與麥氏兄妹結鄰於賣花街，其父固性情中人，意極可親，御我特厚，今乃不期相遇於此，實關前緣。余今後或能藉此一訊吾舊鄉之事，斯亦足以稍慰飄零否耶？余心於是鎮定如常。黎明，法事告完，果見僮僕致余前揖曰：『主人有命，請大師賁臨書齋便飯。』余即隨之行。此時同來諸僧，咸駭異，以彼輩未嘗知余身世。彼意謂余一人見招，必有殊榮極寵，蓋今之沙門，雖身在蘭闍，而情趣纓茀者，固如是耳！及余至齋中，見餐事陳設甚盛：有蒓菜，有醋魚，五香腐干，桂花栗子，紅菱藕粉，三白西瓜，龍井虎跑茶，上蔣虹字腿……此均爲余特備者。余心默感麥氏，果依依有故人之意，足徵長者之風。於此炎涼世態中，已屬鳳毛麟角矣！少須，麥氏攜其一子一女出齋中，與余爲禮；余諦認麥家兄妹，容顏如故，戲采娛親，而余抱無涯之戚，四顧蕭條，負我負人，何以堪此！余掩面哀咽不止。麥氏父子，深形悽愴，其女公子亦不覺爲余而作啼妝矣！無語久之；麥氏撫余背莊然言曰：『孺子毋愁爲幸！吾久弗見爾，先是聞鄉人言，吾始知爾已離俗，吾正深悲爾天資俊爽，而世路淒其也。吾去歲挈家人僑居於此，昨夕兒輩語我，以爾來吾家作法事，令老夫驚喜交集。老夫耄矣，不料猶能會爾，寧謂此非天緣耶？爾父執之婦，昨春遷居香江，死於喉疫。今老夫願爾勿歸廣東，老夫知爾，了無凡骨，請客吾家，與豚兒作伴，則爾於余爲益良多，爾意云何者？』余聞父執之妻，早年去世，滿懷悲感，歎人事百變叵測也。

第二十五章

余收淚啓麥氏曰：『銘感丈人，不以殘衲見棄，中心誠惶誠恐，將奚以爲報？然寺中尚有湘僧，名法忍者，爲吾至友，同居甚久，孺子實不忍離之。後此孺子當時叩高軒侍教，丈人其恕我乎？』麥氏少思，靄然言曰『如是亦善，吾唯恐寺中苦爾。』余即答曰：『否，寺僧遇我俱善；敬謝丈人，垂念小子，小子何日忘之！』麥氏喜形於色，引余入席，顧桌上浙中名品俱備，奈奈心懷百憂，於此時亦味同嚼蠟耳。飯罷，余略述東歸尋母事，麥氏舉家靜聽，感喟無已。麥家夫人並其太夫人，亦在座中，爲余言天心自有安排，囑余屏除萬慮，余感極而繼之以泣。及余辭行，麥家夫人出百金之票授余囑曰：『孺子莫拒，納之用備急需也。』余拜却之曰：『孺子自逗子起行時，已備二百金，至今還有其半，在衣襟之內，此恩吾唯心領，敬謝夫人！』余歸山門，越數日，麥家兄妹同來靈隱，覗余於冷泉亭；余乘間問雪梅近況何若，初兄妹皆隱約其辭，余不得端倪，因再叩之，凡三次，其妹微蹙其眉，太息曰：『其如玉葬香埋何！』余聞言幾踣，退立震懾，搥胸大慟曰：『果不幸耶！』其兄知旨，急掺余臂曰：『女弟孟浪，焉有是事？』實則語至此，轉復慰余曰：『吾愛友三郎，千萬珍重！女弟此言非確，實則人傳彼姝春病頗劇耳。然吉人自有天相，爲望吾愛友切勿焦慮，至傷玉體。』余遂力遏其悲。是日麥家兄妹，復邀余同歸其家。翌晨，余偶出後苑噓氣，適逢其妹於亭橋之上，扶闌凝睇，如有所思；既見余至不禁紅上梨渦，意不忍爲隴中佳人將消息耳。余將轉身欲行，其妹迴睇一盼，嬌聲問曰：『三郎其容我導君一游苑中乎？』余即鞠躬　莊然謝曰：『那敢有勞玉趾？敬問賢妹一言：雪梅究存人世與否，賢妹可詳見告歟？』其妹嚶然而呻，輒搖其首曰：『諺云，「繼母心肝，甚於蛇虺，」不誠然哉！前此吾居鄉間，聞其繼母力逼雪姑爲富家媳，迨出閣前一夕，竟絕粒而夭！天乎！天乎！鄉人咸悲雪姑命薄，吾則歎人世之無良一至於此也！』余此時確得噩信，乃失聲而哭，急馳返山門，與法忍商酌同歸嶺海，一弔雪梅之墓，冀慰冤魂。明日午後，麥氏父子，親送余等至拱宸橋，揮淚而別。

第二十六章

余與法忍至上海，始悉襟間銀票，均已不翼而飛，故不能買舟。遂與法忍決定行脚同歸。沿途託鉢，蹭蹬已極，逾歲始抵橫蒲關，入南雄邊界。既過紅梅驛，土人言此去俱爲坦途，然水行不一，由延能達始興，余二人盡出所蓄，尚可敷舟資及粮食之用，於是揚帆以行。風利，數日遂過湞水，至始興縣，余二人憂思稍解。是夕，維舟於野渡殘楊之下；時涼秋九月矣。山川寥寂，舉目蒼蒼，忽有西北風瀟颯過耳，余悚然而聽之，又有巨物嗚嗚然襲舟而來，竟落燈光之下，如是者絡續而至，余異而矚之，約有百數，均團臍胖蟹也。此爲余初次所見，頗覺奇趣，法忍語明曰：『吾聞丹鳳山，去此不遠有裴九齡故宅，吾二人明晨當紆道往觀。』又曰：『惜吾二人不能痛飲，否則將此蟹烹之，復入村沽黃醑無量，爾我舉匏樽以消幽恨，奈何此夕百憂感其心耶！』語次，舟子以手指楓林曠剎告余二人曰：『此即懷奄古蘭若也，金碧飄零盡矣。父老相傳，甲申三月，吾族遺老誓師於此、不觀腐草燐光，至今猶在？嗟乎，風景依然、而江山已非，寧不令人愀然生感，欷歔不置耶！』迨余等將睡，忽而里暴雨遽作，余謂法忍，今夕不能住宿舟中，不若同往荒殿少避風雨，明日重行。法忍曰：『善。』余二人遂辭舟子，向楓林摩道而入。既至山門，繚垣傾圮殆盡，扉亦無存者；及入、殿中都無聲響，唯見佛燈，光搖四壁，殿旁有甬道，通一耳室，余意其爲住僧寮房，故停步弗入。法忍手捫碑上題詩，讀曰：『「十郡名賢請自思，座中若個是男兒？鼎湖難挽龍髯日，鴛水爭持牛耳時！哭盡冬青徒有淚，歌殘凝碧竟無詩！故陵麥飯誰澆取，贏得空堂酒滿卮。」』余曰：『此澹歸和尙貽吳梅村之詩也。當日所謂名流，忍以父母之邦，委於羣胡，殘暴戮辱，亦可想而知矣！澹歸和尙，固是頂天立地，一堂堂男子。嗚呼，丹霞一炬，遺老幽光，至今猶屈而不申，何天心之憒憒也！時暴雨忽歇，余法與忍無言，解衲臥於殿角。余陡然從夢中驚醒，時萬籟沉沉，微聞西風振鐸，參以寒蟲斷續之聲，忽有念蓼莪之什於側室者，其聲酸楚無倫，聽至『哀哀父母，生我劬勞』句，不禁沈沈大慟，心爲摧折，晨興，天無宿翳余覩此僧，嗚呼，卽余乳媼之子潮兒也。余愕不止，潮兒幾疑余爲鬼物，覩久之，悲咽萬狀曰：『阿兄歸幾日矣！』余曰：『昨夕抵此，風雨兼天，故就宿殿內，賢弟何故失容？阿母無恙耶？』潮兒未及發言，已簌簌落淚，向余言曰：『慈母見背，吾心悲極爲僧，廬墓於此，三經弦望矣！』余聞言震越失次，趨前抱潮兒而慟哭曰：『吾意歸南海必先見吾媼，余自襁褓，獨媼一人憐而撫我，不圖今已長眠！天乎吾媼！養育之恩，吾未報其萬一！天乎，吾心胃都碎矣！』既而潮兒導余等出西院門，至其亡母墓前，但見古木蕭蕭，山鳥哀鳴其上，余同法忍，俯伏隕涕。潮兒忽收淚言曰：『今會阿兄於此，亦余夢魂所不及料，寧非蒼天垂愍，先母重泉慰矣！』

第二十七章

余等暫與潮兒爲別，遂向雩梅故鄉而去。陸行假食，凡七晝夜，始抵黃葉村。讀者尙憶之乎，村卽吾乳媼前此所居，吾嘗於是村爲園丁者也。顧吾乳媼舊屋，既已易主，外觀自不如前，觸目多愁思耳。余與法忍，投村邊破寺一宿，晴曦甫動，余同法忍無募化之衣，郎當行阡陌間。此時余心經時百轉，誠無以對吾雪梅也。既至雪梅故宅，余竚立迴念當日賣花經此，猶如昨晨耳，誰料雲鬟花顏，今竟化煙而去！吾憾綿綿，寧有極耶！嗟乎，雪梅亦必當憐我於永永無窮。余羈縻世網，亦慨慨欲盡矣！唯思余自西行以來，慈母在家，盼余歸期，，直泥牛入海，何有消息？余誠冲幼，竟敢將阿姨阿母殘年期望，付諸滄渤，思之余罪又寧可逭耶？此時余乃戰兢而前至門次，顫聲聯呼施主施主。少選，小娃出，余審視之，果前此所遇侍兒，遺余以金者，侍兒忽而却立，面容喪失，凝眸盼余二人，若識若不識。余未發言，寸心碎礫，且哭且叩侍兒曰：『子還憶賣花人否耶？雪姑今葬何許，幸子導吾一往，則吾感子恩德弗盡！吾今急不擇言，以表吾心，望子憐而恕我！』侍兒聞言，始爲凜然；繼作怒容，他顧久之，厲聲曰：『異哉先生，人既云亡，哭胡爲者？曾謂雪梅有負於先生耶？試問罌花郎，吾家女公子爲誰斷魂也？』言至此，復相余身，雙頰赧然，含赬言曰：『和尚行矣，恕奴無禮，以對和尚！』語已返身，力闔其扉。余正垂首，無由申辯，不圖竟爲僮娃峻絕，如剸心之刃也。余呆立幾不欲生人世。良久，法忍殷殷慰藉，余不覺自緩其悲，乃轉身行，法忍隨之；既而就村間叢塚之內，遍尋，直至斜陽垂落竟不得彼姝之墓。俄而諸天曛黑，深沈不窺，此際但有法忍與余相對呼吸之聲而已。余低聲語法忍曰：『良友已矣，吾不堪更受悲愴矣！吾其了此殘生於斯乎！』法忍聞余言，仰首矚天，少選，以悲梗之聲，百端慰解，並勸余歸寺，明日更尋歸途。余額僵如尸，幸賴法忍扶余，迤邐而行。嗚呼「踏遍北邙三十里，不知何處埋卿卿！」讀者思之，余此時愁苦，人間寧復吾匹者！余此時淚盡矣。自覺此心竟如木石，決計歸省吾師靜室，復與法忍束裝就道。而不知彌天幽恨，正未有艾，吾擱筆不忍再言矣。

非夢記

非夢記

吾邑汪玄度，老畫師也，其人正直，爲里黨所推重。妻早亡，賸二女，長曰薇香，次曰芸香，均國色。玄度自教二女繪事。有燕生名海琴者，其父與玄度世交，因遣之從玄度學。旣三年，頗得雲林之致，而生孜孜若無能也。玄度愛生如己子，欲以薇香妻之，生之父母俱皆當意。生行年十二，遭母喪，父挈之博遊西樵。逾年歸，將爲生行訂婚之禮，不料以消渴疾卒，生惟依其嬸劉氏。後三年，玄度重以姻事聞於劉，劉意殊不屬，乃婉言曰：『待之，待之，更三年議此，未遲也。』一日，劉假無心之詞，問生曰：『汝愛薇香否？』生覗地不答。劉曰：『薇香好女子也；惟我問諸算命先生矣，恐不利於汝，故爲汝辭之耳。』生愈不語。過四日，生得沉疾，劉百問不一答。劉心知其理，耳語之曰：『我有甥女鳳嫺，與薇香不上下，定爲汝娶之，勿戚也。薇香但善畫，須知畫者，寒不可衣，饑不可食；豈如鳳嫺家累千金，門當戶對者耶？』生不語如故。又過五日，生病稍痊，劉大悅，命侍婢阿娟以玫瑰點心進之。詰朝，生徐行至燕處之室，甫入，見劉與一靚妝女郎共話。女突見生，卽起立欲避，生凝矚不轉。劉見生，慰問倍切，忽而微哂，引女郎之手，卽問生曰：『昨日點心美乎？』生曰：『厥製滋佳。』因問所自來。劉向女郎言曰；『汝今日更爲海琴多製百枚，彼病新痊，食量必倍於汝。』此時女郎紅上梨窩，生肅然欲退，劉止之，笑曰：『海琴今日見嘉賓不拜，何也？旣唉人家點心，不當道謝耶？』生如言，與女郎爲禮，女亦莞爾，盈盈下拜，此覿面之始也。停午，女親持重酪及餅子饋生，生亦欣然相受。抵暮，生患又發，體中溫度，逾四十。第二日，人略清爽，復見女郎輭步溫香，捧藥而進。自是殷勤調護，彼此默不一言。一夕，生目稍瞑，忽覺有人卽枕畔引生右手，加諸鼻端聞之，復傾首以櫻唇微微親生之額。迨生張目而視，則女郎悄立於燈畔，著雪白輕紗衫，靡顏膩理。二人眼光頻頻相對，生中心愈覺搖搖，久之，微啓女郎曰：『阿姊悴矣。』又曰：『何事見教？敬煩阿姊以芳名見告。』女低鬟不應。有間，生再問曰：『孀娘安睡未？』女又不應；然見生發問，若欣欣然有喜色，卽探懷出一嵌珠小盒授生，迴身而去。厥後，生久不覩女郎，乃私叩阿娟曰：『前日女郎何人也？』阿娟笑而不答。他日又問，附耳曰：『汪家薇香，公子認得未？』既而生自念薇香貞默遂禮，吾雖在病中，豈容為我侍側；矧以香盒見貽，於禮尤悖。生不見薇香七稔，然幼小之時，知其腰纖細，髮茂密，及其雙窩動處，今日尚歷歷憶之。繼而更設一想，謂此女郎或吾在夢中所遇，非眞薇香，殆阿娟紿我耳。執盒細矚之，異常精好，凝香如故，則又明明非夢。使阿娟之言屬實，何以容髮並不符協？此際百思亦不能得其眞。綜之，此女郎非薇香，即鳳嫺，非鳳嫺，即薇香，舍此二八，嬸娘決無遣看病榻之理。由是往復推勘，如入魔不醒，忽而急起呼曰：『阿娟，汝趣告主母，公子非薇香，即畢生不娶也。』數日，生似愈而非愈，劉復慰曰：『汝須自嗇精神，明春為汝娶薇香也。』生自此日，為狀微適。有僧名遣凡者，與生素舊，微窺其情，隨時示以般若意旨，令自開悟；而生執於滯情，疑信參半。破夏，遣凡約生赴鼎湖，居報恩寺四十餘日，病仍弗瘳。一日，生泛舟過一橋，有二女行釣水邊，微風動裾，風致乃如仙人。生審覘之，的與垂髫時無參差，正薇香姊妹也；心躍然動不已，知阿娟之言果妄。旣歸，訪之小沙彌，方知玄度寄寓寶幢南院。明日，晨齋畢，生謁玄度。玄度麤衣垢面，而神宇高古，方伏案作畫，畫松下一老僧，獨坐彈琴，一鶴飛下。旣竟，命生爲之，生接筆構思，少選，書一絕句曰：『海天空闊九皋深，飛下松陰聽鼓琴；明日飄然又何處，白雲與爾共無心。』玄度自撚其鬚曰：『字跡類女子，然小詩可誦也。』已而告生曰：『吾來已兩月，一二日須返里，爲先人修墓。汝輭弱，於此靜養爲宜，吾事畢卽來看汝。』生聞言，戚然改容，知不能與薇香於此圖良會也。遂辭其師出門。悯悯路上，過韋媪迎面言曰：『久未見公子，公子面容瘦峭，何也？我正有無窮之言，宜加質問，公子許我乎？』生心滋異，廻憶媪是薇香嬭母，慈祥之人也，恭謹答曰：『惟媪之命。』媪第一問曰：『頗聞人言，公子已定婚，其人麗且富也，非歟？』生曰：『未之前聞。』第二問曰：『公子髫齡時，與薇香甚相親愛，今公子憶念之乎？』生曰：『深憶之。』第三問曰：『薇香曾有何物贈公子？』生曰：『有，其亡母所遺波斯國合心花釵。』第四問曰：『今猶在否？』生曰：『珍藏之。』最後第五問曰：『公子愛花釵，抑愛表妹之香盒耶？』生始聳然不能爲辭，相顧良久，反問媪曰：『媪那由知香盒事？』媪不答，即正色言曰：『薇香傾心向公子以來，匪日不思公子，密告我曰，「不偶公子，不如無生。」』我深念薇香雖貧，公子夙稱風義，固如是負一女子耶？』生從容答曰：『我心亦如薇香，此事稟父母之命，我實誓此心，天下女子，非薇香不娶也。』遂將得病受盒諸事，一一白媼，媼始省劉之用心，並非公子忘懷。生瀕行曰：『上帝在天，矢死不移吾志。』媼曰：『佳哉，公子之言也。公子珍重千萬，我他日會令薇香見公子，望公子勿泄於人。』生歸寺中，日思日懼，知劉果無意於薇香。一日，閑步至山門，見柳瘦於骨，山容蕭然，知清秋亦垂盡矣。即以此日辭遺凡歸家，遺凡勉之曰：『子有夙慧，我深信之，毋近淖約，自不沈煩惑之海，子其念之。』生抵家，日伺韋媼之踐其前約，忽而阿娟趨至，瞪目謂生曰：『公子且登樓，有事相告。』生果從之登樓，阿娟當窗以千里鏡授生，遙指澤邊言曰：『公子諦視之，勿誤也。』生引鏡臨眺，遠遠一女子，倚風獨盼，審視，赫然薇香也。俄一男子步近其前，生覺手足酥輭，墜鏡於地。阿娟扶之下樓，生幾半日不動。阿娟乘間曰；『言之，或勿訝耶？吾見此狀，不一次矣。以公子不在家，未卽進言於公子。前時公子見問，侍湯藥者何人，吾以爲薇香，今則知實爲公子表妹鳳嫻也。表妹幽閑貞靜，愛公子罔有悛心，而薇香之爲人，公子今日殆有以見之矣。然公子當日要吾告主母，非若人不娶，吾誠不知公子於義何取？或公子未知其人底細。主母時亦有言，在理應爲公子娶薇香；然而婚姻事大，既微聞此女有解佩遺簪之行，則此女何得汚吾公子？主母故遣表妹一見公子，以試公子懷抱，奈何公子不察，口口聲聲，謂非薇香不要。至於苦病連緜，今公子自思，豈可以金玉之質，爲衒女摧折，其惑眞不値薇香之一笑，公子誠能自淨其心，一依主母之命，則吾亦藉公子洪福，承迎公子，終身享有齊眉之樂。願公子審思之。』阿娟言畢，生注目視几上書箋，默不一語。明日，阿娟引鳳嫻入生之室，而告生曰：『公子病中存問之人也。』言已遂行。鳳嫻始以輕婉之聲啓生曰：『表兄，玉體少安耶？』生應曰：『敬謝表妹。』二人寂然而立，空庭落葉，二人一一聽之。鳳嫻覘生睫間似有淚痕，婉慰之曰：『望蒼蒼者佑表兄無恙，』言已乃出。既而稍停趾，似待生發言，生果有言曰：『請表妹得閒來坐。』鳳嫻既去，生復悄然自念；移時卽啓書篋，出花釵，以帨拭淚，然後褒之，呼阿娟告曰：『爲我敬還薇姑，言公子家法嚴，不容久藏此物也。』一日，淡雲微雨，鳳嫻獨至生室，助生理浴衣。壁上有鏡，鳳嫻對鏡而坐，俄而徐徐引其眉角向生，言蘇州女子於傅粉一道，獨有神悟。蓋鳳嫻生長蘇州，好纖纖而談蘇州之事，間以昵辭，生但唯唯。繼而坐于生側，卷其纖指央生曰：『表兄試猜吾中指何在？』生猜之不中。鳳嫺微笑，執生之手，自脫珊瑚戒指，爲生着之；遂以櫻親生唇際，欲言而止者再，乃囁嚅言曰：『地老天荒，吾愛無極。』言已，竟以輭玉溫香之身，寘生懷裏。生自還釵之後，心緒悽愴，甚於亡國。鳳嫺備悉其事，故沾沾自喜，以爲生正在迴心轉意，徐徐輸以情欵，卽垂手而得。劉卽時時引生，同鳳嫺遊履苑中，生益憮然，覺天下無一事一物，能令其心生喜悅者。猛憶遣凡平昔所言，欵欵近情，殊非虛妄。作計既定，卽託病，辭劉重往鼎湖。劉不知生已絕意人世，頻使鳳嫺傳問，生則凡百求棄於鳳嫺；而鳳嫺濃情蜜意，日益加切。一日，大霧迷漫，生晨起引目望海，海沉沉無聲。久之，亦似沈吟語曰：『世人夢中，悠然自得眞趣；若在日間，海闊天空，都無意味也。』生正在垂眉閉眼，適其時微聞足音，憬然迴顧，則鳳嫻，阿娟同至。生延坐曰：『謝表妹遠道臨存。』鳳嫻曰：『我來求教，何言謝也。』忽而愕視生曰：『表兄胡爲顏色猝變？寺中風露侵人，表兄今日同吾歸乎？』生乃凝思曰：『表妹勿爲吾憂，吾山居樂也。』阿娟將荔支進生，鳳嫻爲生擘之，此時各有心緒，脈脈不宣。阿娟旣退，鳳嫻含笑問曰：『有人咏荔支壳云，「莫道紅顏多薄命，昨宵曾抱玉郎來。」二語工乎？』生似有所忘，已乃漫應曰：『工。』鳳嫻方欲再言，生頗踧踖；時見天際雁羣，忽而中斷，至於遙遙不見，遂對鳳嫻脫口言曰：『累勞玉趾，良用歉仄。旣承垂愛，今有至言相告：吾多病殆不能歸家，即於寺中長蔬拜佛，一報父母養育之恩，一修來生之果。幸表妹爲白孀娘，請孀娘哀恕之。』鳳嫻聞言，蘊淚於睫，視生曰：『表兄，此言何謂？吾豈敢傳於尊嫜。須知吾身未分明，萬一尊嫜聞此言，以爲吾必有所開罪於表兄，則吾與表兄，無相見之日；表兄彬彬溫藹之人，豈忍之乎？吾亦知有一人牽表兄之臆，顧其人弗端，人皆知之，表兄甯無所聞？今表兄忽以此言相示，且問吾謬戾至於何地。嗟夫，表兄傾聽之：海潮澌澌，是吾瘞身處也！』言訖，嗚咽不已。此時情網彌天而下，生莫知所可；又見鳳嫻已清瘦可憐，竟以手扶鳳嫻，恍然凝思，旣而變其詞曰：『表妹旣知吾言爲有因，則必宥其離世之志。表妹高義干雲，吾豈無感紉在心？適所言肆甚，須知吾心房已碎，不知爲計，還望表妹憐而恕我。表妹愼勿哭，人且來。』鳳嫻卽曰：『然則表兄知所趨避矣。』生欷歔答曰：『自今以去，常接表妹歡笑，不得謂非上蒼垂愍。』鳳嫺此時，如石去心，復露其柔媚之態，抱生，以己頰偎生之頰，已而力加親吻，遂與生別。生一夕聞僧言，玄度重來寶幢養疴；攜燈參謁，則玄度病頗沈頓，二女并侍榻側。薇香見生入，卽避座而去，芸香垂其雙睫，似不欲視生也者。玄度視生，乃無一言。時方雨甚，韋媼堅留生宿隔院；夜已深沉，媼持燭來視，亦甚致禮敬，已而突詰生曰：『公子前此使阿娟期薇香於澤畔，公子乃忽爽其約，而遣他人替代，宜乎薇香不與之言而返，敢問公子何以對薇香？其時吾曾謁公子之門，阿娟答言，公子已外出，公子豈知薇香憂迫之情而憐恤之耶？薇香初意，本不欲出，吾特以公子情深義重，力加勸勉，始毅然赴命耳。』生聞言心爲一震，卽倉皇答曰：『此何日事？吾未嘗有是約也。』媼思之，復曰：『是亦不能無問，然則花鈫亦非公子親交阿娟者耶？』生曰：『花釵固吾親交阿娟，令返薇香。』媼曰：『意何在也？』生曰：『此語何能答，亦不須問。今實告吾媼，吾此來鼎湖，不久當祝髮爲僧……』生至此咽塞不能續言，乃涴吞其淚，顫聲曰：『請媼語吾親愛之人，釵去而寸心存也。』媼此時愀然作色曰：『前朝公子與一送眼流眉者，相抱而泣，沙彌共見之，此曷爲而然者耶？始吾歎公子信義多情，吾今然後知公子矣。』媼與生對答時，薇香潛立戶外，一一俱聞之。既返，踞椅於邑，抽刀遽欲自刎，聞其父呻楚聲，則又自止，若是者三。頃之，與芸香共寢，芸香言相生儀表，決非負心之人。薇香斗憶生言寸心存，猶有藕斷絲連之意，又思答媼之第一語，中心油然暗喜，意必有人誑生：則他時二人親證，自能廻復其心。是夜雨滴不止，生亦不能成寐，思媼之言，實出至誠。

知前時所見、實薇香見紿於人；愈思則愈見薇香淑質貞亮，決其人無他遇。天明，將還敘本末陳露於媼，深自引咎，乃歸寺汲汲無歡。無何，玄度病卒，生出貲營葬於寶幢，媼遂同薇香姊妹歸鄉，生亦以劉命催歸。歸時已不見鳳嫺，生始責阿娟妄言傷正，阿娟忐忑曰：『不敢，既不許吾爲知言，公子當後識耳。』越日，劉謂生曰：『汝終日容色不悅，何也？汝須自珍重，月內我爲汝定鳳嫺爲婦。臘月涓吉成禮，百年之好，吾爲汝慶。汝前謂非薇香不娶，此汝年鬢尙輕，不曉世事。薇香德素何如，今姑勿論；使其人卓然貞白，娶之不但無一星之益，人且藐吾家世。我仔細廻環，所以必爲汝娶鳳嫺者，門戶計耳，非我故爲猜薄薇香。鳳嫺亦婉惠可愛，何悖於汝？今汝須靜聽吾言，勿爲他人所惑，此男兒立身之道也。』生跪劉之前，力爭曰：『

我負薇香，獨謂義何？』劉怒曰：『汝但圖博一女子歡心，視我之言爲瘰辭耶？』生此時知劉意不可挽廻，時日西夕，生往敂薇香之門；韋媪肅生入，生告之故，媪令薇香庭迎。是夕，月寒霜冷，生肢體戰動，無以致辭。忽進抱薇香於懷，兩人胸際沉浮呼吸，息息皆聞。良久，薇香廻其含頳之面，就生徵歎曰：『君旣迫於家庭之命，則吾又豈容違越？願自保愛，毋以一女子傷君之懷。吾銜恩戀德，以至於今者，以君或能娶我耳。不謂天心已定，何必更言？今茲猶得接君眉宇，於吾福命已足，復何憾也。』言已，仡然以其葱纖，輕推生手，辭生而入，不欲以淚眼向生也。生惶懼而還，不知所以。翌晨，生忽不見蹤跡，三日並無音耗。劉以薇香誘生訟於官，官乃刑鞫薇香，薇香無言，遂押薇香於女牢，生不知也。薇香顏色憔悴，不可復言，然自念爲生之故而受厄，廿也。生辭家行至虎山，盈眸寂樂，乃爲僧數十晨夕，憶薇香不已；請一村嫗，潛修音問。芸香得書，辭甚瑰麗。芸香不敢泄其事，便同村嫗尋生，欲生歸，一白其姊之寃。二人至欽州，値江上盜賊蠭起，刼芸香以去。嫗匄門乞食，薇香不知也。先是邑中有巨富姓陳名道者，求生之畫，累年不得，厥心遂怨。偶遊虎山，忽見生，卽歸具稟有司，謂生與石劍儒同黨，今潛迹沙門，恐有犯上之事，時巡撫某公，素知生名，因親往寺中，與生閑談，甚敬愛之。臨行，密以實情告生，令卽去。及生離山，未半日而某公捕生之緹騎發矣。生窮蹇路次，由是變易姓名，鬻畫爲生。兩閱月至烟村，地去大良十數里，有老人見生行步容色可憐，欵生於別館。生一夕獨坐凝思，冀伊人之入夢也。忽見鳳嫺緩步入室，容髮如舊，生驚愕欲絕。鳳嫻審視生，滅燈同坐，微微太息，然後低聲言曰：『表兄勿駭。老人吾祖也，今晨聞婢輩談客窈窕無雙，又見手筆，知是表兄。比聞官府求表兄頗急，未審何因？幸表兄不以前事告吾祖父，但未知表兄今欲何行？』生默坐不應，鳳嫻雙手攬生，凄然下泣曰：『吾愧汝念汝，情何極也。』已而生依所教，作書慰劉，將避地大良；鳳嫻爲生備資甚豐，將新製鳳文之綬，親爲生束之。黎旦，生別鳳嫻，半月得從間道達大良，止於波羅寺。寺爲明時舊構，風景大佳，生飲水讀書，狷行自喜，人間幻景，一一付之淡忘。僧衆尊敬之。明年秋，有女眷遊息於寺：生瞥見一靑衣，面容動靜，酷肖芸香，殷勤瞻矚，問其名居，不告。明晨，生於窗上得芸香手簡，始知薇香繫獄，媼流落無方，生魂膽俱喪：束裝歸家，鳳嫻已俟生久矣。劉請釋薇香，薇香出獄，自歸屋中，空無一人。生投書薇香，盡言爲僧及遇芸香之事，薇香披文下涕，輒思自裁。又恐貽生母子之忤，遂寄食於鄰媼，爲人綉花朶以自度，矢志不嫁人；或勸薇香，薇香不聽也。忽一夕，生約薇香於疎星之下，以傷切之聲言曰：『父母雙亡，亦有何樂？薇香知吾言中之意乎？』薇香俯首低聲曰：『知之。』生曰：『善，吾愛汝心神俱切，顧運與人忤，吾兩人此生終無緣分矣。今玆汝我前事，都不必提；惟吾兩人彼此之心，當如何得其歸宿，則不能不於此夜今時解決之耳。』薇香再三歎息，乃謹容答曰：『人生爲淚，死爲魂耳。吾前此不曾謂君，毋以我累君家庭之樂乎？』生曰：『然，事勢至是，婉戀之情當即斷絕。然而天地綿綿；我今試問汝立志不嫁他人，亦有以教我作人不？』薇香曰：『此言何爲至於我哉？女子不嫁，尋常事耶。』生反覆與言，終無動志，乃跪薇香之前，言曰：『汝不嫁人，我亦終吾身不娶。孃娘如見偪者，有死而已。』薇香扶生於懷，言曰：『是何言耶？君殊亦未爲吾計也。須知吾之處境，實不同君，君如學我，是促我命耳。君果愛我者，舍處順而外，無第二義。望君切勿以區區爲念，承順尊孃，一不辜尊孃之恩。二不負鳳嫻之義。吾今生雖不屬君，但得見君享團圞之福，則所以慰我者，不已多乎？』言至此，以指示生曰：『有人。』生廻望，則鳳嫻矗立於後，目光如何，生不能見，但聞鳳嫻微微一歎曰：『彼何人者？』生枯立如石人，鳳嫻卽曰：『嚮也阿娟謂此女眼色媚人，今乃知果清超拔俗也。』生復廻視，知薇香已去，因歎曰：『賢哉薇香乎。』鳳嫻卽曰：『此言良信，表兄盍有以成其志耶？』生仰天而噓，少間，問鳳嫻曰：『其言一一諦聽否？』鳳嫻但凝睇而不答；須臾，以臉伏生胸次，言曰：『表兄愛之，固其宜矣；獨弗體舅嬸之心，而云終身不娶。抑以我不肖，弗屑締盟耶？』言時，嬌泣不止，生知不必更語。爲扶將曰歸。明日，生接薇香書，書僅數言，生不食而泣，三詣薇香，終不復見。劉與鳳嫻極力慰解，會遣凡來訪，劉便使生經營行裝，與遣凡重遊大良，冀遣凡有以收束其心。一日，途中見兩麗人，騎細馬而來。其前一人，顧盼不捨，其後一人，微微以目示意，令生相隨，生知是芸香，心驟喜，意此行必得薇香迹兆，足不覺隨其後而步。俄至一巨閥，邑邑徘徊，至日落，忽見韋媪出，漫向生曰：『公子佳乎？』且言在欽州遇盜，與芸香分散，月前乞食經此，託天之庇，復得與芸香相會。芸香自遭刼後，江學使以重金購得之，今即此家女公子侍兒也。生問薇香安居？媼聞言悵且歎曰：『穿婦眞不諒人！』遂執生手，歎喟頻頻。生戰慄曰：『媼語我，薇香安在？』媼終不答一言，生趨而返。明日，曉鐘未發，不辭遣凡而去。生與薇香慕戀事，遣凡微有所聞。爾日，徧覓生不得，卽馳至生家；生亦未返，乃呼阿娟細詰其事，阿娟略述之。遣凡曰：『薇香今在何許？』阿娟云：『薇香自作書給公子，謂初心已易，卽日如大良，囑公子無庸懷顧。凶徵卽兆於彼夕也。』遣凡曰：『然則薇香死矣，汝親見其死狀否？』阿娟云：『韋媼語我，有得素鳥於江側者，薇香遺物也；衆囑勿言於公子。』遣凡沉思曰：『公子歸來，汝誠勿以此告之。』爾時鳳嫺在旁，泣詢生歸期。遣凡徐曰：『以我思之，或有相見之日。』其後年春。遣凡行次五指山，遇一執役僧，卽生也，見遣凡不談往事。逾數月，遣凡見生山居寥謐，遂卷單而別。

天涯紅淚記

天涯紅淚記

第一章

涒歎之歲，天下大亂，燕影生以八月二十一日倉皇歸省。平明，辭高等學堂，諸生咸返鄉閭。堂中唯餘工役輩集廚下，蹙蹙不安，知有非常之禍。街上不通行旅，唯見亂兵攢刃蹀躞。生盡棄書簏，促步出城，至小南門，童謠云，「職方賤如狗，將軍滿街走，」心知不祥。生既登舟，舟中人咸掬萬愁於面，蓋自他方避難而來，默不一語，輒相窺望。時有卜者為人言休咎，生靜立人叢中，心儀卜者儁邁有風；卜者亦數目生，似欲有言而弗言。忽而城內砲聲不斷，舟中人始大譯，或有掩淚無言者。舟主是英吉利人，即令啓舷。舟行可數里，生廻注城樓之上，黑烟突突四起。是日天氣陰晦，沿途風柳飄蕭，生但默禱梵天帝釋庇佑，平安到家，拜仁慈母氏；世亂本屬司空見慣也。

亡何，生既竄家，生之慈母，方製重九糕，女弟製飛鸞餅子。母見生大喜曰：『謝上蒼祐吾兒無恙，果歸矣。』即傳言侍女陳晚膳，生覩之，紅豆飯也。母言：『今日爲重九佳節，家中食羅睺羅飯，年年如此。』飯後，女弟問生亂事甚煩。生垂涕曰：『嗟夫，四維不張，生民塗炭，寧有不亡國者？今吾但知奉承阿母慈祥顏色可耳。』一日，母命遊聖恩寺；聖恩寺者，古寺也。旁午，道出碧海，憩夕陽樓，觀濤三日。復從西北，涉二小水，不復知遠近矣。忽至一處，湖水周環新柳，游魚細石，直視無礙；更前則爲山谷。生心謂人間無此淸逸，徘徊流盼，微聞異音如鳴環佩。母云：『大有景處，昔人稱彈箏谷，殆指此歟？』生解騎扶將母氏，賃漁莊居焉。時爲暮春，猶帶微寒，斜月窺簾，花香積水。生乍聽疎籬之外，有人低詠曰：石龜尙懷海，我寧忘故鄉。生審此聲凄麗，必出自女子，心生怪異。翌日，天朗無雲，湖水澄碧，生辭母氏出廬，縱步所之，仰望前面山脈，起伏曲折。知游者罕至。湖之西，古榕甚茂，可數百年物也。生就林外窺之，見飛泉之下，有石梁通一空冥所在。生喜，徐徐欵步，不覺穿榕林而出，水大彌望，生不知其爲湖爲海。讀吾書者思之，夫人遭逢世變，豈無江湖山藪之思？況復深於患憂如生者。生凝竚覺盈眸寂樂，沾戀不去。忽瞥約中，見高柳之下，有老人踞石行漁，神采英毅，惟老態若驪龍矣。因迤邐就老人之側，微叩之曰：『叟之漁：漁者之漁，抑隱者之漁？可得聞乎？』老人聞言，始舉首矚生，自顱及踵；少須，答曰：『善哉，客之問也。無思無慮，縱意所如，漁者之漁，老夫未能也。若夫姜尚父，嚴子陵，名垂靑史，後世賢之，此隱者之漁；夫隱者固非釣魚而釣名耳，老夫何與焉。』老人言至此，收拾釣竿，以手指南岸樹林示生曰：『老夫居是間，歷十餘年。路不拾遺，夜不閉戶，談話不過農夫田父。老夫觀客玄默有儀，無誘慕於世僞者，客其一塵游屐乎？』生恭謹答曰：『小子既入仙鄉，此生難得。今叟見招，敢不如命。』生隨老人行，山角凡四轉，泉水激石，冷冷作響。旣見柳岸，復行半里，得板橋。老人笑而生曰：『至矣。』言訖，又導生行，板橋渡巳，乃過竹園，入老人茅屋矣。老人命生坐，言曰：『吾女當來見客。客了無凡骨，可爲吾友。』生重復致謝老人厚遇。老人既出菜圃，生見竹壁懸爛劍一柄，几上奇石如斗大，外無他物。忽爾，老人攜其女入，脩臂下垂，與生爲禮。生正視之，密髮盧鬟，非同凡豔。生問老人姓氏，並是地何名。老人都不答，但搖其首；久之，詢生奚得至此。生一一告以故，老人甚欣歡。少選，老人之女捧果以進，置石几上，果丹色，大於雞子，生所未見。詢之老人，老人曰：『碩果，此地終歲產之；容食十枚，可盡日無饑渴，老夫數枚足矣。』生剝果啖之，香甜凝舌，中有實一粒如豆。老人云：『此核可爲藥，用治外傷。』食果畢，老人爲生談者，均劍術家言，蟬聯不覺日暮；生請告辭，歸慰慈母，老人起立曰：『且慢，吾女當以舴艋送子。吾女亦宿鄰岸姨家，子明日請再臨存，或客吾許，可乎？』生以母氏同來，因約老人以明日再行奉謁。老人竚立岸上，女領生登舟，舟小如芥，旣左出，始不見老人顏色。時日落崦嵫，微風送棹。生自念如是風光中，得如是名姝垂靑，復感老人情極眞朴，以爲天壤間安得如是境域？實令生無從着思。猛憶老人垂綸之際，面帶深憂極恨之色，意者老人其任俠之流歟？生此時心事乃如潮湧。於是正襟危坐，遜問女曰：『名姝何姓？地是何名？望有以見教也。』女赧然良久，嚶然而呻曰：『吾稟老父之命，未能遽答先生，幸先生容之。老父固有隱懷，先生善人，異日或有以奉述於先生之前耳。昨日馬上郎君，投止姨氏隣家，非先生也耶？』生曰：『誠不慧也。不慧奉母游名刹，不圖失道至此；然母氏正樂是間風物。敢問名姝，昨日黃昏，何人誦陸機詩句者？名姝其或識斯人否？』女聞生言，低首無語。生視女雙窩已泛淡紅，復視女兩手瑩潔如雪，襯以蔚藍天色，殆天仙也。生自省唐突，乃一視前岸，漁燈三五，母氏已立堤畔。生啓女曰：『余母望余久，敬謝名姝棹我歸來。不然，吾步行，母氏遲余矣。』女無言，但微哂。此燕影生第一次與絕代名姝晉接之言，即亦吾書發凡也。

第二章

明日，晨曦在樹，生復至老人許。老人遇生備極友愛，但仍絮絮向生言劍法。生生平未嘗學劍，顧聆老人言心動，跪求受業。老人思少間，慨然曰：『諾。』於是出劍授生，循循誘掖，生奉老人惟謹；不覺木葉戰風，清秋亦垂盡矣。一日，女肅然謂生曰：『吾聞人生哀樂，察其眉可知；然則先生亦有憂患乎？』鶯吭一發，生已淚盈其睫。女仰天而唏；已而出纖手扶生腰圍，令坐於樹根之上，低聲曰：『

先生千萬珍重。晨來見先生鬱鬱，是以不能無問，幸恕唐突耳！』生聞言，不禁感動於懷；心念此女肝膽照人，一如其父，匪但容儀佳也。然吾今生雖抱百憂，又奚可申訴於嬰嬰婉婉者之前？唯蒼蒼者知吾心事耳。嘗聞老人言：此女劍術亦深造而神悟，兼有俠骨，斯人真曠劫難逢者矣。生尋思至此，立墜于情網之中，不自覺也。忽爾，老人偕一新客至生側，謂曰：『此吾弟，剛自外歸。』生愕然，起立恭迎，微有棖觸，揖而問之曰：『長者似曾相識？』其人亦長揖答曰：『前此舟中卜者，憶念之乎？』生始灑然有省，因叩行止。其人展掌笑曰：『行時絕行跡，說時無說蹤：行說若到，則垛生招箭；行說未明，則神鋒劃斷。就使說無滲漏，行不迷方，猶滯轂漏在。若是大鵬金翅，奮迅百千由旬；十影神駒，馳驟四方八極。不取次啗啄，不隨處埋身，且總不依倚。還有履踐分也無，剎剎塵塵是要津。』生恍然大悅曰：『得聆謦欬，實屬前緣。舟中胡以吝教？』其人驟執生手，喟然歎曰：『良友，鄙人仰企清輝久矣，顧爲羅網所隔。不憶江上吾屢欲與良友晤談而未果耶？然吾旣斷彼傖右臂，今對良友，可告無愧。彼傖者，耀武揚威，殘賊人民之某將軍也，姑隱其名，以存忠厚。今且語良友以吾何由知君高義干雲，博學而多情者也。』言次，出小影一副示生曰：『此君玉照，卽曩日女郎臨別親授鄙人，且言曰，「此妾生生世世感戴弗忘之人，或因相遇，幸爲口述，妾雖飄瞥，依然無恙，並爲妾貢其誠欵。或者上蒼見憐，異日猶有把晤之期，報恩於萬一，亦未可料？」女郎言已，淚如綆縻。鄙人故珍藏之。今玆女郎情愫已達君前，卽此玉照亦敬以還君耳。』生太息曰：『甚矣哉，情網之罪人也。此女以無玷之質，生逢喪亂，遇人不淑，致令流離失所。然而哀鴻遍野，吾又何能一一拯之，使出水火之中耶？此女既云無恙，深感天心仁愛，復願長者爲言其詳。』其人撫膺續曰：『昔黃帝有涿鹿之戰，以定火災；顓胡有共工之隙，以平水害；成湯有南巢之伐，以殄夏亂。至於任俠之流，爲人排難解紛，亦所受於天耳。……』

【註】此書曾在一九一四年五月日本東京出版的民國雜誌第一年第一號上發表，登至第二章未完而中止，現即根據轉錄。

图书在版编目（CIP）数据

曼殊小说集 / 苏曼殊著. -- 天津：百花文艺出版社, 2020.4(2024.1 重印)
(现代文学名著原版珍藏. 第三辑)
ISBN 978-7-5306-7831-2

Ⅰ. ①曼… Ⅱ. ①苏… Ⅲ. ①中篇小说-小说集-中国-现代②短篇小说-小说集-中国-现代 Ⅳ. ①I246.7

中国版本图书馆 CIP 数据核字(2020)第 062817 号

曼殊小说集
MANSHU XIAOSHUOJI
苏曼殊 著

选题策划：唐冠群　　**美术编辑**：张振洪
责任编辑：赵世鑫
出版发行：百花文艺出版社
地址：天津市和平区西康路 35 号　**邮编**：300051
电话传真：+86-22-23332651（发行部）
+86-22-23332656（总编室）
+86-22-23332478（邮购部）
网址：http://www.baihuawenyi.com
印刷：宝蕾元仁浩（天津）印刷有限公司
开本：787×1092 毫米　1/32
字数：88 千字
印张：7.625
版次：2020 年 4 月第 1 版
印次：2024 年 1 月第 4 次印刷
定价：25.00元

如有印装质量问题，请与宝蕾元仁浩（天津）印刷有限公司联系调换
地址：北京朝阳区西坝河南路6号西座102室
电话：(010) 84498866 邮编：100028

曼殊小說集

蘇曼殊遺著

上海四馬路
光華書局印行